藍染袴お匙帖

貝紅

藤原緋沙子

双葉文庫

目次

貝紅　藍染袴お匙帖

第一話　初嵐《はつあらし》

一

秋の声を聞いてまもなくの事、御府内《ごふない》に強い風が吹き始めた。

雨を伴っている訳ではない。野分《のわ》けのようだが少し違っている。初秋に吹き抜ける初嵐だった。

頃は暮れ六ッ（午後六時）近く、桂《かつら》治療院の女たちは、大慌てで雨戸を引き始めた。

「ああ、そうだった。お道《み》っちゃん、庭に干してあった薬草、中に入れてくれたかしら」

桂千鶴《ちづる》が診察室の雨戸をせわしなく閉めながらお道《みち》に言った。

するとお道が、隣の部屋から顔を突き出し、

「はい、入れましたよ。あっ、いけない、包帯を……洗濯ものを取り入れるのを忘れていました」

するとお竹《たけ》が、廊下を走り抜けながら大声で言った。

「取り入れましたよ！」

「お竹さん、灯《ひ》を入れて下さいな！」

千鶴がお竹の方に首をねじって叫ぶ。

「はい、ただいま！」

お竹は台所に走って行った。

慌ただしいのは桂治療院だけではない。

江戸の町は、大通りに店を出す大店《おおだな》も、横町の店も、長屋も皆戸を閉め始めた。

通りを往来する者たちは帰りを急いで駆けるように足早に過ぎて行くし、普段なら店の軒《のき》に点《とも》す行灯《あんどん》も、風が強くては火事を心配して点せない。町は文字通り灯の消えたような景色である。

頼みの綱は月の光だが、こちらもどんよりした空に弱い光を放っていて、いか

にも頼りない。

六ツの鐘が鳴り始めると、町は薄闇に包まれた。

もはや行き交う人も、互いの人相風体など分かる筈《はず》もない。

不気味で不安を誘う空気に御府内は包まれていた。

ところが、この初嵐のどさくさに紛《まぎ》れるように、木挽町《こびきちょう》通りに二人の男の影が、ふいに横町から現れた。

顔の造りは定かではないが、武士ではなく町人だった。

二人は無言で、脇目もふらず、前を睨《にら》んでぐんぐん歩いて行く。家路を急いでいるというのではなく、目的地をひたすら目指しているといった張りつめたものが、二人の体にみなぎっている。

だが、誰も二人に気を留める者はいなかった。

やがて二人は、築地《つきじ》の武家屋敷の塀《へい》に吸い付くようにして立った。

左右の道に目を光らせるが、もう人っ子一人見えない。

二人は頷《うなず》き合うと、すばやく黒っぽい手ぬぐいで頬かぶりをし、次の瞬間、まるで軽業師《かるわざし》のように塀を乗り越えて屋敷内に消えた。

強い風は、二人が消えた屋敷前の道を、うなり声を上げて吹き抜けて行く。

どれほどの時間が経ったろうか。

再び塀の上に黒い人影が立ったのが見えた。先ほど塀の中に消えた二人だった。

塀の上の二人は、視線を左右に走らせたのち、次々と道に飛び降りた。

そしてすばやく頰かぶりを取り払い、懐《ふところ》に突っ込むと何事もなかったような顔で足早に去って行った。

屋敷の中に灯《あか》りがともった。その灯りは、塊《かたまり》となって一直線に伸び、何かを捜している。

灯りは、龕灯《がんどう》だった。

銅板などで造った釣《つ》り鐘形《がねがた》の枠の中に、持ち手がどのように動こうが、常にろうそくが直立して灯りが消えないようになっている特殊な提灯《ちょうちん》だ。

町奉行所などでは夜の捕り物に使用する。また武家屋敷などでは、何か余程の一大事が起きた時にはこれを使う。

その龕灯の光が二つ、三つ、塀の上を舐めるように照らしていく。

すると風に交じって、屋敷の中から侍たちの苛立《いらだ》つ声が漏れてきた。

「いたか!」

「いや、逃げられました！」

「鬼《おに》ざくらだ！」

「鬼ざくら？」

「そうだ、間違いない。鬼ざくらだ！」

「もう一度よく捜せ！」

塀の中で怒声と興奮の入り交じった声が飛び交った。

強い風がそれらの声をかき消すように、またうなり声を上げて吹き荒れる。

この夜、屋敷の内も外も、異様なもののものしさに包まれていた。


「昨夜も出たぞ、鬼ざくら……なんと鬼ざくらの狙いはお武家の屋敷ばかりではねえぜ。こんどは木挽町の呉服問屋『笠松屋《かさまつや》』が入られた。さあ、子細《しさい》はこのよみうりを買って読んでくれ」

生きのいい若い男が、町の辻でよみうりを売っている。

昨夜の風はうそのように止み、今日は朝から秋日和《あきびより》だった。

千鶴とお道は、よみうりの男に群がる人々をちらと横目に見ながら足を速めた。

二人は、火付盗賊 改《ひつけとうぞくあらため》の板倉出羽守《いたくらでわのかみ》の屋敷に向かっていた。

一昨日のことだ。

まだ初嵐がやってくる前の午前中に、五郎政《ごろまさ》がやって来て、

「酔楽《すいらく》先生からの伝言です。江戸川《えどがわ》に架かる立慶橋《りゅうけいばし》の東袂《ひがしたもと》に、板倉さまという お屋敷がございやす。そこに明後日、昼の八ツ（午後二時）、若先生においで願いたいと申しておりやす。酔楽先生もあっしも参りますので子細はそこで……門前でお待ちしておりやすから……」

板倉出羽守は下妻大和守《しもつまやまとのかみ》とは懇意《こんい》の仲。そして、下妻大和守といえば先年まで大目付の要職にいた人だが、酔楽とは無二の親友、下妻がとりもつ縁で酔楽も板倉の屋敷には以前から半抱《はんがか》えの医師として出入りしているのだと、五郎政はそれらを、妙に改まった口調で告げて帰って行ったのだ。

近頃五郎政は、妙に改まった口調をよく使う。よく聞けば珍妙なところがあるのだが、五郎政は大真面目なので笑うに笑えない。

酔楽の薫陶《くんとう》のたまものと言いたいところだが、五郎政が帰ると、皆でくすくす笑ってしまった。

そういう訳で、とにかく今日は午前中の患者を診ると、千鶴はお道を連れて診

療所を出て来たのだ。

「千鶴先生」

お道が、板倉屋敷を目前にして、屋敷の門前にある一本の松の木の下に視線を投げた。

五郎政の言っていたとおり、酔楽が五郎政を従えて、その松の木の下で待っているのが目に入った。

「おじさま……」

足早に近づいて声を掛けると、

「すまんな、忙しいところを……何、患者はここの奥方なのだ」

酔楽は苦笑した。

「奥方さまが……おじさま、奥方さまはわたくしが牢医をしていることはご存じなのでしょうね」

「むろんだ。牢医をしているからと敬遠するような者と、わしが懇意な筈はないではないか」

「ええ、でも念のためにお聞きしたのです」

いつぞやのこと、播磨国太田藩《はりまのくにおおたはん》の側室つきの奥女中が、お千絵《ちえ》の方さまを診てほしいとやってきたことがあった。ところが千鶴が牢医をしていると知ると、なんと千鶴に潔斎《けっさい》をしてから屋敷に上がってほしいと言ってきたのだ。

むろん千鶴は、即座に診察を辞退した。千鶴にとって患者は貧富も貴賤《きせん》もない、同じ体を病む人だ。

それを、傲慢《ごうまん》にも、牢に繋《つな》がれている人間たちを侮蔑《ぶべつ》したのである。

ああいう人間の脈はとりたくない、千鶴はそう思っている。

酔楽は一笑に付して言った。

「何、亭主の方ならわしが診るが、奥方は女の医者に診てほしいとの希望でな。それでそなたに来てもらったのだ。この御府内広しといえども、女の医者で、堂々と診療所まで開いている医者は、千鶴、お前しかおるまい」

「いいえ、おじさま。近頃では医業の父親を手伝っている女の方も少なからずいらっしゃるようですから」

「ふん。手伝いは手伝いだ。それをいうなら、お道の方がよほど腕が上だ」

「先生、ほんと！」

お道は目を輝かせた。

「ほんとだとも。わしが保証する。というところで、さあ、行くぞ」

酔楽は、屋敷の中に千鶴たちを連れて入った。

「しばらくお待ちを、すぐにご案内致します」

若党が玄関の式台《しきだい》で出迎えたが、

「何、忙しいのにかまわんでくれ。勝手に参る」

なんと酔楽は、勝手知ったる他人の家とばかりに、どんどん中に進んで行く。

火付盗賊改といえば千五百石高、屋敷も大きく、抱える家臣も多いが、役職が役職だけに、廊下に出ると与力同心がせわしげにすれ違ったりして張りつめた空気に包まれている。

「何か捕り物でもあったか」

暢気《のんき》にひとりごちながら奥に進む酔楽に、

「おじさま……」

千鶴はいさめるが、聞く耳を持たない。

なにしろ酔楽は月に二回、将軍家斉《いえなり》公に直々《じきじき》に妙薬を届けている。

妙薬というのは精力剤で、海狗腎《かいくじん》や高麗人参《こうらいにんじん》、淫羊藿《いんようかく》、反鼻《はんぴ》などいろいろ思いつくままに混ぜ合わせたものだと酔楽はいうのだが、その酔楽が千代田《ちよだ》のお城に上がると奥医師扱い。特別に将軍に拝謁《はいえつ》できるとあって、身なりは粗末でも酔楽は怖いものをしらない。

「板倉どの、忙しそうだな」

政務の部屋の前の廊下に立つと、酔楽は外から中に声を掛けた。

部屋の中では首突き合わせて、与力や同心たちが相談していたが、その中心に居る人が、この家の主《あるじ》で火付盗賊改の板倉出羽守のようである。

板倉は酔楽の声に気付いて、

「これは酔楽先生、来て下さったか」

五十半ばの、彫りの深い男が、親しそうにこちらを見た。

「それではこれで……」

与力たちは、酔楽の到来を待っていたかのように、板倉に一礼すると立ちあがった。

「邪魔だったかな」

酔楽たちにも律儀に礼をして部屋を出て行く与力や同心の後ろ姿を見ながら、酔楽は呟《つぶや》いた。

「なんの、忙しいのは毎度のことだ。事件の途絶えることはない」

言いながら板倉は、酔楽や千鶴たちに座を勧めた。

「酔楽先生はご存じないかな、いま江戸を騒がせている鬼ざくらという盗賊を……」

きらりと引き締まった目を向ける。

顔は優男《やさおとこ》だが、流石《さすが》に火付盗賊改だ。石をも穿《うが》つような鋭い目をしていた。

「知っているとも。噂では彦蔵金蔵《ひこぞうきんぞう》と名乗る兄弟盗賊らしいな。しかも武家屋敷ばかりか商家も狙う不届きな盗人《ぬすっと》だと」

「そうだ。実は昨夜もさるお屋敷がやられたのだ。娘御の持参金をそっくり盗られたと届があって、それで見るとおりの慌ただしさというわけだ」

「不用意なことだな、まったく」

「まことに。褒《ほ》められたことではござらん。武家屋敷が被害に遭《あ》うなどという事は、あってはならぬこと、恥ずかしい限りだ。流石《さすが》に被害に遭った屋敷では、表に出したくないらしく、町奉行所には知らせずに、ひそかにこちらに通報してくる始末だ」

板倉は苦笑した。

一方では盗賊に入られた屋敷の警護の甘さをなじりながら、一方では町奉行所ではなく火付盗賊改に泣きついてくることに、頼られることへの誇りもかいま見える。

板倉はしかし、一呼吸すると、

「酔楽先生ご推薦《すいせん》の医者というのが、こちらですな」

じっと品定めの目を千鶴に向けた。

「桂千鶴と申します」

千鶴は深く頭を下げた。

「うむ。酔楽どのから聞いておる。ごくろうを掛けるがよしなに頼む。かかりつけの医者では嫌だと申して困っていたところだ」

板倉は言って微笑《ほほえ》んだ。話が家族のことに移った途端に、板倉の表情は和《やわ》らいでいる。

「ご案内致します」

そこへ、頃合いを見計らったように奥の女中がやって来た。

ところが酔楽は、

「わしは板倉どのとここで待つ。診察はお前一人で頼むぞ」

いたずらっぽく片目をつぶると、いそいそと板倉と碁盤《ごばん》を囲む準備に入った。

二

「酔楽先生は、きっとあれが目的だったんですね」

くすくす笑うお道を連れ、千鶴たちは奥女中に案内されて、奥方が臥《ふ》せる部屋に入った。

奥方は、布団《ふとん》から起き上がり、脇息《きょうそく》にもたれていた。

「いかがなさいましたか」

自分の名とお道の名を告げたのちに、千鶴は奥方の側《そば》近くに膝行《しっこう》して訊ねた。

「食欲がございません。脈も乱れて、そうすると心の臓がどきどき致しまして、息をするのも苦しいのです」

奥方は弱々しい声で言った。まだ四十路《よそじ》前だと見受けられる。色が白く、華奢《きゃしゃ》で、切れ長の目をした美しい人だった。

「お脈を……」

千鶴は膝を進めると、奥方の手をとり脈を診た。それが終わると、熱がないか確かめ、舌の色を診、目の色も確かめた。

そうしてから、今度は横になってもらって腹を探った。

「痛いところがございましたら、おっしゃって下さい」

ゆっくりと腹を探っていく。すると、

「痛い……」

奥方は、乳房の左下、下腹など、時々に顔をしかめて声を上げた。

掌《てのひら》に塊が触った。下腹部全体も腫《は》れている。

便通が絶えている者によく見受けられる症状だった。

「月々のものはございますか」

一通り触診を終えると、千鶴は奥方に訊いた。

「はい」

奥方は恥ずかしそうに返事をした。

「拝見したところ、心の臓に病があるのではないようです。何かお心にある不安が、精神を蝕《むしば》み、それが脈を乱し、胃腸の具合を悪くしているように思われます」

「……」

奥方は俯《うつむ》いた。何か心当たりがあるようだった。

「では、奥方さまのご病気は、その不安を取り除けば治るのでしょうか」

側に控えている女中が訊いた。千鶴は頷き、

「さようです。精神の不安を取り除けば、脈の乱れも治りますし、滞《とどこお》っている便通も通じます。食欲も戻るでしょう」

「……」

奥方は頷いた。そして、

「もう五日もなかったのです……」

消え入りそうな声を出した。

「分かりました。いずれの症状も深刻な病気ではございません。大丈夫、良いお薬を差し上げます。あとでどなたか使いをよこして下さいませ。不安を取り除いて良く眠れるお薬と、便通が良くなるお薬と、二種お出しします。それでしばらく様子をみましょう」

千鶴は微笑んで言った。

奥方は、ほっとした表情を見せた。

「それと、このように臥せるのを止めて、お天気の良い日には、お庭など散策なさったほうがよろしいかと存じます。歩くことで気も晴れますし、お腹の働きも

活発になりますから」

千鶴はそう言うと軽く黙礼してから立ち上がった。

「先生……」

奥方が呼び止めた。

千鶴は浮かしかけた腰を戻した。だが、

「いえ、なんでもございません」

奥方は言った。何か言いたそうだった顔が、千鶴を遠ざける顔になっていた。

「奥方さま、他言は致しませんよ。何か心にひっかかることがおありなら、おっしゃって下さいませ」

「……」

「奥方さま」

「これは、殿様には内緒にしていただきたいのですが……」

ようやく決心したような顔を向けた。

「はい」

千鶴は、じっと受け止める目を向ける。

「殿様はたいへんお忙しくしておられます。それというのも、近頃御府内に出没する盗賊の退治に手を焼いているらしく……」

「はい、わたくしもそのように伺《うかが》っています」

「鬼ざくらの彦蔵と金蔵という兄弟の盗賊だと聞いているのですが、実はつい先日のことです……」

奥方は一端言葉を切った後に、言いにくそうに、

「実はこの屋敷の奥にも、どうやら盗人が入ったようなのです」

そう告げたのだ。

「本当ですか」

千鶴は驚いて、側にいるお道と顔を見合わせた。

つい先ほど、武家屋敷が盗賊に狙われるなんて武士の恥だ、とかなんとか、板倉と酔楽は話をしていたところではないか。

「いったい何時《いつ》のことですか」

千鶴は尋ねた。

「十日前のことです」

奥方は、小さな声で言った。

その日の朝、奥方は隣室の文箱《ふばこ》の中に保管してあった金、切《き》り餅《もち》二つ（五十

両）のうちの、切り餅一つが消えて無くなっているのに気付いた。お金は夫の出羽守も知らないへそくりだった。いざという時のために蓄えたもので、ちょっとやそっとの事では使うまいと決めていた金だった。

奥方は文箱を開けたまま呆然《ぼうぜん》と立ち尽くした。

まさか夫に、切り餅一つが無くなったとは言えない。

それに、板倉家は火付盗賊改の頭《かしら》である。その屋敷が盗賊に入られたとあっては、夫の面目《めんぼく》が立たないばかりか、お役を罷免《ひめん》されかねない。

実は盗人に入られる前日のこと、

「松山《まつやま》が出かけている。すまぬが、少し融通してもらえぬか。何、二十両で良いのだが……」

夫の板倉がそう言って金の工面《くめん》を頼んで来たばかりだった。

松山というのは板倉家の金庫番で、用人の松山鉄之助《てつのすけ》のことなのだが、なにしろ主といえども、松山の吟味《ぎんみ》なしではびた一文出せない事になっていた。

その松山が二日程家を空けていて、咄嗟《とっさ》の手許不如意《てもとふにょい》のため困っている、と夫は言ったのだ。

「五両ほどならございますが、二十両なんて、いったい何にお使いなのでしょうか」

奥方はつい切り口上になった。

すると夫は、口をもごもごさせた後、すーっと部屋を出て行ったのだ。

――やっぱり……。

と奥方は思った。

近頃女中衆が噂を拾ってきたところによれば、殿様には外に女がいるらしいということだった。

――その女に貢《みつ》ぐのに違いあるまい。

奥方は即座にそのように勘ぐってしまったのだ。悋気《りんき》は恥ずかしいことだと分かっているのだが、妙にそわそわする夫を見て、ついそんな物言いになってしまった。ところがその翌夜には泥棒に入られた、へそくりの切り餅一つ、二十五両が盗まれたなどと言える筈もない。

奥方の悩みはそういうことだった。

千鶴は黙って聞いていたが、

「いっそ、正直にお話しになってはいかがですか」

そう答えるしかなかった。

「それが出来れば悩んではおりません」

奥方は、ますます消沈して息を吐いた。

「困りましたね」

千鶴もため息をついた。

これでは病は治るどころか、ますますひどくなるに違いない。

「千鶴先生、いい案が浮かんだ時には教えて下さい。こんな恥ずかしい話を誰彼に出来るものではございません」

奥方は取りすがるような目で言った。


治療院に帰宅した千鶴を待っていたのは、南町同心の浦島亀之助《うらしまかめのすけ》と、手下の岡っ引猫目の甚八《じんぱち》だった。

亀之助は以前定中役《じようなかやく》という閑職だったが、その後、同心の花形定町廻りの補佐役になり、あと一歩で念願の定町廻りになれる筈だったが、どうしたことか、もとのもくあみになり、また定中役に逆戻りしてしまった。

通称猫八《ねこはち》と呼ばれる甚八の尽力も、また一からやりなおしといったところか。

それでもこの組み合わせは、互いに気が合っているらしく、相変わらずの弥次《やじ》喜多《きた》ぶりだ。

「千鶴先生、急いで診ていただけませんか」

玄関口まで出迎えて、二人は言った。

「また、おできでも出来たんですか」

お道が言った。

「私じゃありませんよ。怪我人です」

「怪我人？」

玄関を上がりながら千鶴が聞き返す。

「実は今日の昼頃です。弾正橋《だんじょうばし》の袂《たもと》でうめき声を上げている野郎を見付けましてね、声を掛けたら足を怪我している。それでここに連れて来たんですが、先生は往診に出かけているとお竹さんに聞いて、困っていたところです」

浦島は言いながら、診療室で青い顔をして横になっている男を指した。

男の右足膝下には止血の包帯が巻かれている。側で見守っているお竹が処置したようだった。

「どうしました」

千鶴は男の右足を見て訊いた。

「へい。ゆんべのことです。尿意を催して草むらに入りやした。そしたらその草むらに鎌《かま》が棄ててあったらしく、ざくっと」

青い唇をふるわせて男は言った。

「名前は……」

「清治《せいじ》といいやす」

男の顔色は土気色になっているが、目鼻は整っていて、なかなかの優男だ。

ぷんと体臭が漂ってきたが、そんな事に顔をそむけてなどいられない。

「お道っちゃん、消毒します」

千鶴は、襷《たすき》をすばやく掛けながらお道に言った。

「はい」

お道が準備にかかる。

診察室はにわかに張りつめた空気に包まれた。

まず布団の上に油紙が敷かれ、その上に清治を横にし、お竹が処置していた血止めの包帯をとった。

「……」

傷は大きかった。四、五寸の傷口が赤い口を開け、傷の周りは汚れた桃色を呈して腫れ上がっている。

「化膿《かのう》が始まっています。うまくいけばいいのですが、とにかく消毒して縫合《ほうごう》します」

千鶴は、険しい顔で言った。

「先生、うまくいかなかったら、どうなるんです？」

千鶴の後ろから見ていた猫八が訊いた。

「右足膝下切断になるかもしれません」

「切断！……足をばっさり切るとおっしゃるんで」

猫八が聞き返した。

浦島も、当の清治も驚いている。

「切らないと命にかかわる事になるかもしれませんよ」

千鶴の言葉に、

「先生、なんとかこの男を助けてやって下さい。可哀想な奴なんですから」

浦島が言う。

「とにかく、手術して様子をみましょう。お道っちゃん、縫合の用意を……」

「はい」

お道は、てきぱきと千鶴の声に応えて動く。

「浦島さまと猫八さん、清治さんが動かないように、手足を摑《つか》んでいて下さい」

「先生、麻酔は？」

浦島が不安げに訊いた。

「清治さんは体力が衰えています。麻酔をかければ体力を消耗しつくしますから危険です。命と引き替えです。我慢しなさい」

千鶴は叱《しか》りつけると、手際よく消毒し、縫合をし、紫雲膏《しうんこう》を塗りつけた。

清治は手術中歯を食いしばってうめいていたが、終わると精根尽き果てたのか、ぐったりしている。

「この軟膏《なんこう》は、傷口の腐敗を防ぎます。また速く皮膚が元に戻るように促してくれる薬です。七日ほど安静にしていて下さい」

清治は、虚ろな眼で頷いた。

「先生……」

浦島が千鶴の肩を、とんと叩いて促した。

浦島は千鶴を玄関脇の待合いに連れて行くと、こう言った。

「先生、こんな頼みごとをして申し訳ないが、あの男を、傷が癒《い》えるまで、いえ、せめて安静の間、ここに置いて貰えませんか」

「家族の方は……一人暮らしなんですか」

「そのとおりです。青物町《あおものちょう》の裏店に住んでるらしいんですが、町駕籠《まちかご》に乗せて長屋に帰しても、一人住まいじゃあ近所の厄介者《やっかいもの》。私の家で預かれるといいんですが、私も一人暮らしですからね。非番なら、またということもありますが……」

「仕方ないわね。分かりました。じゃあ、七日の間ね。抜糸《ばっし》したら帰って貰いますね」

「恩に着ますよ、先生」

浦島は、ちらと診察室の方に視線を投げると、

「あいつ、職を探しに出て来てまだ間もないっていうんですが、これという所は、どこも相手にしてくれない。消沈してうろうろしていた時に怪我をしたらしいんです。ついてない男なんですよ。悪い奴ではなさそうですし、私も妙に気になって……」

浦島は苦笑する。

するとすかさず後ろから、

「千鶴先生、旦那は身につまされているんですよ。誰も認めてくれないどころか、また定中役に逆戻りなんですからね」

「猫八、言いすぎだぞ」

浦島が頰を膨らませた。

「旦那、いいじゃねえですか。あっしは、もう旦那の下で働くのはごめんだなんて言っている訳じゃあねえんですぜ。あっしは、起き上がりこぼしのような旦那が好きなんですから」

「猫八……」

浦島は感激したのか、猫八の手を取った。

「だんな、気持ちわるいな」

猫八は浦島の手を払うと、

「そういうことですから、先生、よろしくおねげえします」

浦島と猫八は、清治を押しつけるようにして帰って行った。

三

「あの男か、清治というのは……」

菊池求馬《きくちきゅうま》は、茶を喫《きっ》しながら庭のむこうの薬園に目をやった。

薬園には、薬種問屋『近江屋《おうみや》』の手代、幸吉《こうきち》が薬草の世話に来ているのだが、その側で熱心に幸吉の教えを請うているのは、すっかり足の傷が癒えて元気になった清治だった。

「抜糸をすれば自分の長屋に帰るという約束だったのですが、ここにいる間にお家賃を払ってなかったとかで長屋を出されてしまったようです。それで、下男でいい、仕事が見つかるまで置いてほしいなんていうものですから」

千鶴も、茶を喫しながら清治を眼で追っている。

「結構助かっているんですよ。うちは男手がございませんでしょ。棚を取り付けたり、いろいろね」

言ったのはお竹だった。羊羹《ようかん》を持ってきて、二人の前に差し出すと、

「患者さんから頂いたんです。どうぞ」

舌打ちしたのは、求馬と一緒にやって来た五郎政だった。あの野郎は、ふてぇ野郎だ。

「ちょっぴり顔がいいってんで、千鶴先生に甘えやがって。あの野郎は、ふてぇ野郎だ。俺は好かん」

「まっ、五郎政さん、まさか妬《や》いてんじゃないでしょうね」

お竹が笑った。

「お竹さん、そんなんじゃねえよ。俺が見たところじゃあ、ろくでもねえ野郎だな。本当に職探しをしてるなんて思えねえ」

薬園では、清治がちょっとふざけて、お道の腕に虫か何か乗せたようだ。

「きゃ」とお道は声を上げたが、すぐにいたずらと分かったようで、大げさに清治の背をぶっている。

その笑い声が、さわやかな風に乗って、四人がいる診察室に聞こえてくる。

「清治さんは、結構料理もうまくてね。昨夜は芋飯《いもめし》なんて炊《た》いてくれて……さつまいもご飯なんですが、お醬油《しょうゆ》の差し加減も案配よろしく、千鶴先生もびっくりしてね」

お竹は思い出して笑った。

「そこなんですよ、やつの怪しいのは……女ばかりだと思って、あいつ、お竹さんもみんな、たらし込もうとしてるんだ。千鶴先生、襲われないで下さいよ」

「五郎政さん、随分飛躍したこと考えるんですね」

千鶴が笑う。

「だってあいつは、先生たちと同じ屋根の下に寝てるんじゃありやせんか」

「清治さんは私たちに気を遣って、昔下男が住んでいた台所の小部屋で寝起きをしています。そんな清治さんが私たちを襲うなんて、第一わが家の女たちに、そんな話は通用しません。ばかばかしい」

「ちぇ、これだから」

五郎政は口をとんがらせて横を向いた。しかしその目は、清治に険しい視線を投げていた。

「そうだ、五郎政さん。先生に持って帰って頂きたいものがあります。ちょっとこちらへ来て下さいな」

お竹が立ち上がって五郎政を促した。

五郎政は渋い顔をして、お竹と台所に向かって行った。

千鶴と求馬は顔を見合わせた。そして静かに言った。

「おじさまは心配して下さっているんですね」

「そうです。千鶴ならば、ゆくゆくは、どこかのお大身《たいしん》旗本や諸藩の江戸屋敷のお抱え医師になれるのは間違いない。いや、ひょっとして奥医師にだって推挙されるかもしれないのだと……」

千鶴は苦笑した。

先日板倉の屋敷を辞して帰る道すがら、千鶴は酔楽に今後治療院は、女たちが安心して受けられる場所にしてみたいという抱負《ほうふ》を語っていた。

その一つとして、常に性が受け身の女たちは、男たちが持ち帰ってくる梅毒《ばいどく》で、子供が産めなくなったり命を落とす者さえ出て来ている。

――そういう女性たちを一人でも救えないものか……。

近頃患者が増えるのを目の当たりにする度《たび》に考えてきたのである。

そして、もう一つは、この治療院が安心して子供を産むための、よろずの相談窓口となる場所にできないものかと考えていた。

これはいつも患者としてやってくるおとみとも話しあったのだが、中条流《ちゅうじょうりゅう》と呼ばれている女医者（女の医者のことではない。女の中絶を請け負っている医者のこと）に、人知れず通わずともよいように。

そして生まれた子の授乳助け合いも、この桂治療院が中心になって差配すれば、乳の出が悪く、赤子を死なせてしまう人も少なくなるのではないか。

千鶴はそういった夢を酔楽に語ったのである。

丁度板倉家の奥方を診察したことも、千鶴の気持ちを後押ししていた。

女たちは、男の医者には恥ずかしくて言えない事がある。それを助けてやるのが、自分が女ながらに医者になった意味があるのではないかと……。

しかし今日、酔楽のところに立ち寄った求馬の話によれば、酔楽は千鶴のそういった考えに、あまり同感してはいないということだった。

「酔楽先生は……」

求馬はいったん、言葉を切ってから続けた。

「きっと千鶴どのに、男にも勝る女の医者がいることを、広く世間《な》にみせてやりたい。そう考えているのかもしれぬな。その上に、結婚して子を生し、女としての幸せも摑んでほしいという気持ちもおありだ」

「……」

酔楽の気持ちは分かっていた。

お抱え医者になるなどという了見は頭からないが、酔楽の願望は千鶴自身の思いでもある。

「千鶴どの……」

ふいに求馬が改まった声を出した。

「俺もようやく小普請組《こぶしんぐみ》から抜けられそうなのだ」

「まあ……」

千鶴は、目を見張った。

「まだ詳しいことは話せぬが、組頭から吉報を待て、と言われておる」

「おめでとうございます」

千鶴は微笑んで頭を下げた。だが途端に、千鶴の胸を寂しさが走り抜けた。求馬が急に遠くに行ってしまうような気がしたからだ。

「何、まだ、どんなお役に就けるのか分からんのだ。ひょっとして、あれは駄目だったという事になるやもしれぬ」

「そんな事があるものですか。求馬さま、決まったらお祝いをさせて下さい」

「ありがとう。千鶴どのが喜んでくれるのが一番嬉しい」

「まあ、お上手なこと」

「本当だ。お役に就けば、千鶴どの。俺は千鶴どのに申し入れたいことがある」

求馬の熱い目が千鶴の目をとらえた。

「わたくしに……」

千鶴は求馬の目をまぶしい目で見た。求馬が何を言おうとしているか分かっている。嬉しかったし、その先の言葉を聞きたいと思った。

だが一方では、この治療院のことを考えると、求馬の言葉を聞くのが怖かった。

「そうだ……千鶴どの……」

改まった顔で求馬が言いかけた時、

「ああ、五郎政さん、待って……これもこれも、忘れないで持って帰って下さいよ」

お竹が五郎政の後を追っかけて、何か手渡しながらやって来る。

求馬との間に流れていた息詰まるような空気が、それですっとどこかに流れて行った。

五郎政は、足音を立てて、台所から戻って来た。そして、求馬と千鶴を交互に見ながら、

「どうかしたんですか？」

きょとんとした顔をした。

「何、今、盗人の話をしていたところだ」

求馬が笑みを浮かべて取り繕《つくろ》った。

「いや、そんな雰囲気じゃあねえ。もっと深刻な話だな」

「何を言い出すのだ、お前は」

慌てた求馬に、

「まさか、鬼ざくらに入られたとか言うんじゃあないでしょうね」

突然盗賊の名が飛び出した。

「分かったか、さすがは五郎政だ。ただし俺ではないぞ。入られたのは俺の友達の屋敷だ」

「ほんとですかい」

「五郎政も知っているだろう、山本金十郎《やまもときんじゅうろう》という俺の友達を……」

「山本さま、ああ、あの旦那……くくっ」

五郎政は忍び笑いを漏らして言った。

「求馬の旦那、山本金十郎さまといえば、千鶴先生と求馬さまが、恋指南をした方じゃないですか」

「そうだ、その山本だ。盗られた金はたいした額ではないのだが、なけなしの金だ」

「なんとまあ、どこまでもついてないお人だ」

「あまりに気の毒でな。これから見舞いに行ってくるのだ」

求馬は、いそいそと立ち上がった。五郎政が側にいては、どんな勘ぐりを飛ばしてくるか分からない。

するとと五郎政も、

「先生、あっしもこれで帰《けえ》りやす。くれぐれもあの野郎には、気をつけて下さいまし」

薬園の清治に顎をしゃくると、求馬と一緒に帰って行った。

「……」

千鶴は立ち上がって縁側に出た。

薬園で草取りをしていた幸吉やお道たちは、ずっと奥の方に移動したらしい。お道の張り切っている声が聞こえていたが、三人の姿は見えなかった。

千鶴は、庭と薬園の境目に植わっている柿の木に目を移した。

青い実がたくさん見える。実が熟すのはこれからだ。

ぼんやりと眺めながら、千鶴は先ほど求馬が言った言葉を思い出していた。

その晩千鶴は、急患が出たという報《しら》せを受けて、お道と清治を伴って診療所を出た。

患者は益三《ますぞう》という五十半ばの男で、ついひと月前まで小伝馬町《こでんまちょう》の牢屋の住人だった男である。

桶《おけ》職人で生真面目な男なのだが、仲間と酒を飲んでいて喧嘩になり、相手に大怪我を負わせて入牢していたが、敲《たた》きの刑で牢を出ていた。

千鶴との関係は、益三が入牢してきた時に怪我をしていて、丁度女牢に出向いていた千鶴が診てやった、そういう繋がりだった。

益三は牢を出てすぐに、千鶴を訪ねて、この治療院にやって来ている。

牢で手当てしてもらったことに恩を感じての事だった。

ところがこの日、夕食を摂《と》ろうとしていた時に、米沢町《よねざわちょう》のだるま長屋の者がやって来て、

「益三が倒れやした。益三の女房の話では血を吐いたとか言っておりやして……」

千鶴に往診をしてほしいと言ってきたのである。

だるま長屋というのは、昔からこの長屋で内職にだるま造りをしている者が多く、それでそう呼ばれるようになったらしい。

「お道っちゃん、お願いね」

千鶴はお道と急いで支度にかかった。

するとそこに清治がやって来て、

「夜道は女二人じゃ用心が悪い。あっしがついてまいりやす」

そう言ったのだ。

まるで昔から桂家の忠僕ででもあるように、それは少し芝居がかっているほど真面目な顔だった。

米沢町ならさして遠くはない。

「あなたはまだ養生中の身じゃありませんか、いいからお竹さんと先に食事を済ませなさい」

千鶴は断ったが、

「とんでもねえですよ。あっしは居候《いそうろう》です。置いて頂くだけでもありがてえと思っているのに、千鶴先生より先に飯を食うなんて、そんなバチあたりな事はできません」

千鶴たちの前に立ちふさがるようにして動こうともしない。

「じゃあ、おねがいね」

ため息をついた千鶴が根負けして、清治を供として連れてきたのだ。

清治は道中も、けっして千鶴の影を踏まないような、そんな控えた歩き方をする。

お道は、日本橋の呉服問屋『伊勢屋《いせや》』のお嬢様だから、千鶴のところに来なければ、常に女中か下男が付いて歩くご身分だ。

清治に往診の荷を持たせて、涼しい顔で千鶴に従う。

見る人が見れば、千鶴は二人も供を連れ歩く、大したお医者様に見えるに違いない。

「益三さん、血を吐いたんですって……」

長屋の益三の家に入ると、女房のおさくに出迎えられて、畳の部屋に上がった。

清治は、土間から上がった三畳の板の間に、神妙な顔で座った。

益三は四畳半の畳の部屋で、継《つ》ぎを当てた布団の上に横になっていた。

見るからに青い顔をしている。

千鶴は益三の脈を診ながら、

「少し痩《や》せましたね」

天井を見詰めている益三に声を掛けた。

益三はうんともすんとも返事をしなかった。代わって女房のおさくが言った。

「先生、亭主は、小伝馬町から帰ってきてから、食事もおいしくないようだし、疲れた疲れたって言い通しで、あたしゃ、牢屋疲れじゃないのかい、滅多に見られないところを見てきたんだから、いい経験したと思って気楽にやりなよ。この長屋の人たちだって、誰もあんたを悪く言う人はいないんだからねって冗談半分に励ましてきたんだけど、この人、気の小さな人だから、内心ではよっぽどこたえたんだろうなって思っていたんです。でもまさか、血を吐くほど体が弱っていたなんて……」

千鶴は頷いて聞いている。

おさくの話を聞き、益三の症状をみれば、益三は肺を病んでいるのは間違いなかった。

しかし、気が弱いと女房も言う益三本人に、診立てをそのまま話してよいもの

か、千鶴は迷っていた。すると、

「先生、亭主の病気は、ひょっとして労咳《ろうがい》ですか……」

おさくが訊いてきた。

千鶴は頷いたが、労《いたわ》りの目を益三にむけて言った。

「小伝馬町での暮らしが体にこたえたのかもしれませんね。でも大丈夫、滋養《じよう》のあるものを食べて、私が出す薬をしっかり飲んで下さい。良くなりますよ」

益三は黙って天井を見詰めている。

「益三さん、あんまり深刻に考えないで……」

顔を覗くと、

「先生、あっしはもう長くはねえんでしょう。本当のことを言って下せえ」

益三がぽつりと言った。

「気長にね、養生すれば治りますよ」

「気休めはいいんだ。俺が長患《ながわずら》いをすれば、おさくが苦労するだけだ。どうせ死ぬんだったら薬はいらねえ」

「何馬鹿なこと言ってんのさ！」

おさくが大声で怒鳴った。

「あたしが働くからいいんだよ、お前さんは！」
「……」
益三は黙った。だがその目が次第に潤《うる》んできた。
おさくは優しく話しかけた。
「大丈夫だって言ってるだろ。あんたに内緒で蓄えていた金があるんだから
……」
部屋の隅には、出来上がった内職のだるまが、うずたかく積み上げられてい
る。
一つ仕上げていくらになるのだろうかと千鶴は思った。
「先生、亭主にはしっかりお薬を飲ませますから、どうぞお見捨てなく、よろし
くお願い致します」
おさくは、千鶴たちが外に出ると、追っかけて来てそう言った。
「分かっていますよ、おさくさん」
「それで先生、ひとつお聞きしたいことがあるんですが、あの人、人参《にんじん》飲めば治
るんでしょうか。いえね、人からそんな話を聞いたことがありますから、労咳は
人参で治るって……」

「そうね、元気になりますね。それで治る人がいるかもしれない。でも益三さんには……」

千鶴は口を濁した。

この夫婦からは、通常の薬代も貰えないのではないかと思っている。それは自分が負担してやる覚悟だが、さすがに人参となると難しい。可哀想だが人参まで治療院が施《ほどこ》してやっていたら、あっという間に経営は成り立たなくなる。

そうでなくてもお竹からは、

「先生、薬礼はきちんと頂いて下さいね」

などと常に言われている始末だ。

貧乏人と富裕な者の差というのは、こういったところで出て来てしまう。

富裕な者の中には、実際労咳になったとしても、人参を飲み、滋養のある物を食べて養生することで、すっかり病が治った人もいるのである。

だが、長屋の貧乏暮らしでは、そういったことは望みたくても望めない。理不《りふ》尽《じん》だと思うが、千鶴の力ではどうしようもなかった。

おさくの返事に困っていると、

「悔しいねえ、先生、悔しいです。貧乏なばっかりに、亭主に高麗人参のひとかけらも飲ませてやれないなんて……あたしが若けりゃこの身を売ってでも飲ませてやれるのに……」

おさくは涙ぐんだ。

初老のおさくの鬢《びん》からは、白くなった髪が乱れ落ちて、吹きこんでくる風に弱々しく靡《なび》いている。

千鶴は小さくため息をついた。おさくの意に応えられないもどかしさがある。哀しかった。

そんな千鶴の表情を、清治はじっと見詰めている。清治も哀しげな表情をしていた。

千鶴は、おさくの手を両手で包んで言った。

「おさくさん、まだね、諦めることはありませんよ。お薬で治ることだってあるんですから。わたくしも出来るだけの事はいたしますから、希望をもって……いいですね」

四

「うなぎ屋、ちょいと待ちな」

出前のうなぎを運んで来た勘助《かんすけ》を勝手口で呼び止めたのは清治だった。

丁度お竹が、うなぎ代を払おうとしていたところである。

「なんでしょう」

怪訝《けげん》な顔で見返した勘助に、

「うなぎ一串二十文……四人前で八十文とは、高いんじゃないか。俺が見たところじゃあ、一串十八文だな。第一それが相場だろ？」

清治は台所に置かれた出前のうなぎを見て言った。

「あんたは誰なんだ……」

勘助の顔は、ひきつっている。

気立てはいいが、喧嘩っぱやいのが玉にキズの勘助のことだ。

「あっしが運んで来たうなぎに文句をつけられちゃあ、黙ってはいられねえ」

「まあまあ、勘助さん、許してやって下さいな。この人は……」

お竹は、ちらと清治を見て、なんて説明しようかと考えていると、

「居候の清治というもんだ」

清治が答えた。

「へえ、居候の、清治さん。居候のくせに、ずいぶん立派な口をきくもんだな。それで……」

ぎらっと勘助は見る。

お竹は困って、清治を叱った。

「清治さんも、余計なことを言うのは止めなさい。一串二十文は納得して持ってきて貰ってるんですから」

だが、

「お竹さん、そんな人のいいこと言ってるから、言い値で売りつけられるんですぜ」

清治は言った。

「なんだと、もういっぺん言ってみろ！」

勘助は腕を捲《まく》った。

「静かに聞きな。おいらはうなぎにはちょいと詳しいんだぜ。そうさなあ、身の

厚さは結構だが、一切れが少ないんじゃないか。それにタレも……」

ちょっとうなぎのタレを指につけてなめてみて、

「ううん、少ししょっぱすぎやしないか」

「てめえ、容赦《ようしゃ》しねえぞ。こちとら、神田では一、二を争ううなぎ屋だ。お客の誰一人、おめえさんのような文句を言ってきた者はいねえよ。こちらの千鶴先生だって、うちのうなぎがお好きだからって、わざわざ月に一度は注文なさって下さってるんだ。聞けば居候だか清治だか知らねえが、馬鹿にするんじゃねえや」

「まったく、黙って聞いてりゃ呆れた開き直りだ。まあ、いいや。そんなにかっかなるんならもう何も言わねえ」

「ったく」

勘助は睨む。だが清治の話はこれからだった。

「だがな、うなぎ屋。頭に釘を打たれるうなぎの身にもなってみろ。てめえの体を提供してやってるっていうのに、一人ぼろもうけをしているうなぎ屋がいると知れば、恨むだろうよ」

「て、てめえ、なんて事言うんだよ」

勘助は、ぎょっとして清治を見た。

「知ってるかい。かの有名な、なんとかいう読み物作家が書いてあったぜ。うなぎに恨まれた手代の話をよ……」

「な、なんだよそれ、なんの恨みなんだ」

「だから、うなぎはこう思ってる訳よ。自分たちは頭に釘打たれて、体を裂かれて人間の餌《えさ》になる。諦めてはいるけど、やっぱり悔しいって……自分たちを調理するうなぎ屋を恨んでいるんだってことだ」

清治は勘助をじいっと見た。

勘助は何を言い出すのかと固唾《かたず》をのんでいる。うなぎが、うなぎ屋を恨む恐ろしい話を、聞き逃すことは出来なくなったようだ。

勘助の気持ちが一歩後退したのを知ると、清治はいっそう神妙な顔で話を繋いだ。

「いいか、ここからが肝心なところだが、それでも世の中の人々の役に自分が立ってると思えば我慢するんだ、うなぎのことだぜ」

「だから……」

「鈍い人だね、お前さんは……お客には出来るだけ安く売ってやる。そして自分を食べて元気になる人がいるのなら我慢出来る。うなぎはそう考えている訳よ」

「……」

「考えたこともなかったろ……だけどよ、たまにはそういう心がけもして、うなぎの気持ちを聞いてだな、お客には安くて美味《おい》しいうなぎを提供しねえと、お前、ろくな事はねえぞ」

なんだか分かったような、分からないような理屈を並べる清治の話に、勘助はとうとう混乱してしまったらしく、ついつい、

「分かりやした。今回は十八文にいたしやす」

思わず言った。

「ありがとよ。おめえさんには、うなぎもきっと感謝しているだろうよ」

清治はもっともらしく言ってうなぎに合掌してみせたが、その時、すぐ後ろで千鶴の声がした。

「いいんですよ勘助さん。これまで通りのお値段で頂きます」

「千鶴先生……」

清治は振り返るが、千鶴に睨まれてしゅんとなった。

千鶴の側にはお竹がいた。お竹も清治を睨んでいる。

どうやらお竹は、二人のなりゆきを案じて千鶴を呼びにいっていたらしい。

千鶴は勘助に歩み寄って言った。

「それと、ひとつ頼まれてくれますか」

「へい、なんでもおっしゃって下さいやし」

「勘助さんは、だるま長屋は知ってますね」

「へい」

「そこに、ふた串、届けて下さい。代金はいま一緒にお支払いします」

千鶴は、だるま長屋の益三おさく夫婦に、うなぎを一串ずつ届けてほしいと頼んだのだった。

「まいどありがとうございやす」

勘助はにこにこして礼を述べると、

「ふん」

夢からさめたように、清治に侮蔑の視線を投げつけて帰って行った。

「清治さん、ちょっとこちらへ……」

千鶴は言った。

「そこに座って……」

千鶴は、患者のいなくなった待合室に清治を座らせた。

「先生、すみません。悪気はなかったんです」

千鶴が何も言わないうちから、清治は頭を下げた。

「清治さん、昨日はお米屋さんを脅したでしょう。安くしてくれないと余所《よそ》の店に変えるって……」

「申し訳ありやせん。少しでも暮らしが楽になるようにって、なにしろ、千鶴先生は貧乏人からは薬礼も貰わねえ。台所は火の車だってお竹さんが言ってるもんだから……」

「金輪際《こんりんざい》、今日のような事のないように、台所はお竹さんの指図通りにしてください」

「へい、約束しやす」

「それと、どこか雇ってくれるところがありましたか……お竹さんやお道っちゃんの話では、時々出かけていると聞いています。そろそろこの家を出て、清治さんも清治さんの暮らしをしなきゃ」

「いえ、探しておりやすが、まだ」

清治は、千鶴が皆まで言わぬうちにそう言って首をすくめた。

「そう、じゃあ、わたくしの良く知っているところに頼んでみましょうか。働き者の清治さんなら、きっと雇ってくれますよ」

「先生」

清治は、真剣な目で千鶴に言った。

「もう少し、ここに置いていただきやして、先生のお手伝いをさせて頂けねえものでしょうか」

「……」

千鶴はため息をついて清治の顔を見た。

どうやら清治は、外に職を求める気がないのではないか。時々出かけて行くのは、そうやってお茶を濁して、ここに居座るつもりではないか……千鶴はそういった疑念をふり払うことができなかった。

「清治さん、ここは女所帯です。いつまでもという訳にはいかないのですよ」

「……」

「それとも、何か理由があるのですか」

清治は、ぎょっと顔を上げた。だがすぐに、

「実はあっしは、この江戸に仕事を求めてやって来たのではございやせん。幼い

頃に別れたおふくろを捜しにやってきたんです」

と言うではないか。

意外な話が飛び出して、千鶴はびっくりした。

「すると、どちらに住んでいるのか分からないのですね」

「へい。正直なところ、おふくろの顔も今や定かではねえ。頬がふっくらしていたな、そういえば確か、胸のここのところに黒子《ほくろ》があったような……」

清治は自分の胸の上の方を軽く叩いて、

「覚えているのはそれぐらいのことでして、なにしろ、別れたのは、あっしが七つの時ですから……」

清治は、視線を畳に落とした。その頬には、千鶴がこれまでに見たこともないような、寂しげな翳《かげ》が宿っていた。

「そう……そんな昔があったんですね」

「黙っていてすいやせん。そのうちに話そうと思っていたのですが、なかなか言いづらくて……」

清治は、ぽつりぽつりと話し始めた。

生まれは江州《ごうしゅう》（滋賀県）守山《もりやま》の宿場町。

父親はうなぎを割くのがうまいと言われた板前で、町で一、二を争ううなぎ屋に勤めていたが、酒好き女好きで、いつも母親と喧嘩が絶えなかった。うなぎ屋で神経をすりへらして帰ってくるためか、店では温厚だと言われているのに、家の中ではすぐ母に手を上げた。

父親に殴られた母親が泣き叫ぶのを、今でも清治は覚えている。

そんなある日のことだった。

父親が倒れたのだ。

医者は酒が過ぎたのだろうと言った。

手足は不自由になり、店は辞めざるを得なくなり、一家を支える収入は瞬く間に無くなった。

医者代も嵩《かさ》み、母はとうとう年を五つも若く偽《いつわ》って、町外れの旅籠屋《はたごや》に働きに出ることになったのである。

母親は家を出る日には、清治が見たこともないような、いい着物を着ていた。

迎えの男がやって来ると、母親は清治を手招きし、

「いいかい、おっかさんと約束しておくれ。お前は絶対、おっかさんに会いに来ちゃいけないよ。旅籠は怖いところなんだからね。可愛い子供を見付けたら、ど

こかに連れて行く恐ろしい人買いがいるんだから」

母親は、俯《うつむ》いて泣いている清治の両手を、自分の両掌に包みこんで、嚙《か》んで含めるようにそう言った。

清治には、分かっていた。何故母がそんな事を言い聞かすのか。母親が働きに行く場所は、人から後ろ指を指されるような場所だったのだ。

──母は父の病のために身を売って金を作った。

それがはっきり分かったのは父親が亡くなって、清治が十五になった時だった。

もう母親との連絡はとうに途絶えていた。

父の死を伝えたいと、初めて母が働いていた旅籠に行ってみたが、もう母親はそこにはいなかった。

「その女将《おかみ》さんが……」

清治は、ここで大きく息をひとつつき、呼吸を整えて言った。

「おふくろは江戸者とここを出て行ったって、そう言ったんだ」

「……」

「それであっしは、もうおふくろに会うのは諦めていたんですが……」

清治は、言いよどむ。

「……」

千鶴は黙って清治の次の言葉を待った。

「先生には分からねえかもしれねえが、何をしても落ちつかねえんですよ。風に吹かれてあっちこっち、流れ流れて参りやしたが……いつも心の中がふわふわして……そうです、根無し草っていうやつなのか、ぴしっと決めて生きてく張りが出てこねえ。女を好きになったって、本気で好きになれねえんです」

「……」

「その原因がおふくろだって、やっと気付きやしてね、それで江戸に出てきたんでさ」

「なんとなく分かります。清治さんも随分苦労をしたんですね」

千鶴は清治に同情せずにはいられなかった。

「ただ会うだけでいい。おふくろに会えば、俺はこの先をがんばれるって思ってね……笑ってくれていいぜ、先生」

「どうして、笑うものですか」

「だって二十も半ばになった男の言うことじゃねえもんな」

清治は苦笑した。自分を笑っているのだった。

「いいえ、親を慕うのは自然な気持ちです。分かりますよ、私には……見つかるといいのにね、おっかさん……」

千鶴はすっかり、清治に引導を渡すのを忘れていた。

五

お竹が首を捻《ひね》っている。

午前中の診察も終わって昼食も済ませた午後、お竹は患者が納めていった薬礼を勘定するのだが、

「どうかしたの、お竹さん」

通りかかった千鶴が訊いた。

「なんだかね、おかしいなって……」

そろばん片手に、お竹は言った。

怪訝な顔をして千鶴は、お竹が計算している帳面を覗いた。

「先生、豊島町《としまちょう》の源治郎《げんじろう》爺さん、腰の痛みでここに通い始めて一年になります

けど、お薬代を置いて帰ったのは数回で、のべにして三両ちかくの薬礼が滞《とどこお》ったままでした。また、両国広小路で焼き蛤《はまぐり》を売っているおよねさんは、血の滞りで通ってきてますが、こちらも払って貰ったのは数回、三両一分ほどの薬礼が残っていたのです。ところが昨日と今日、続けざまにお金を持ってきたんです」

「一度に全部を……」

「そうです。全額納めてくれました。明日炊くお米にも事欠くと言っていた二人です。そうそう、もう一人、ご亭主に死なれて子供を育てるために日傭取《ひようと》りをしているおせいさん。それと、自分が腹痛を起こした時と、子供さんの、なんていったか、女の子が風邪をこじらせたと言ってやって来て、先生が診てあげた……」

お竹は一瞬見失った記憶を捜すように、右手を伸ばしてどこかその指で捜すように考えていたが、

「おきねさんだ」

ふいに思い出して言った。

「あの人も一両近く滞りがあったんですが、今朝支払いに来てくれましてね。揃いも揃って、ですからね」

「……」

千鶴も話を聞いて首を捻った。

するとその時だった。

「先生、益三さんのおかみさんが……」

お道が呼びに来た。

「おさくさんが……」

益三に何かあったのかと立ち上がって玄関に向かった。

「先生、お願いがあって参りました」

おさくは、神妙な顔で言った。

「益三さんは、いかがですか？」

上がり框《かまち》に腰を据えるように促しながら千鶴が訊いた。

「はい。お陰様で食欲が出て来ました」

「それはよかったこと」

ひとまず胸をなで下ろす。

「益三さんには、食欲も出て体力が戻り、胸の方も症状を抑えるようなお薬を出していますから、気長に飲んで下さいね」

「ありがとうございます。随分元気になったのは、先生のお陰です。ですが先生、あの人は、何か特効薬がないと治らないのではないでしょうか」

「あればいいんですが、今のところ、気長にいくしかありませんよ」

「先生」

おさくは、急に怖いほど真剣な顔つきをして、

「あたしは思うのですが、これは人から聞いたのですが『人胆丸』を飲ませればどうかと……」

「人胆丸……」

「はい」

おさくは頷く。

人胆丸というのは、人の肝《きも》から造った丸薬で、例えば処刑された人の体から取り出した肝を、斬首御用をつとめる山田浅右衛門《やまだあさえもん》が特権で薬として製造していたが、その一つである。

医者の中にも、人胆丸が労咳に効くと信じられていたから、高い薬ではあっても、お金のある家では、この薬を求めて患者に飲ませていた。

おさくもその話をどこからか聞いてきたらしい。

「おさくさん、私の知っている限りでは、それを飲ませたからといって、すぐに治ったという話は聞いたことがありません。高価なものですから、もう少し考えてからにすればいいのではありませんか」

「そしたら、人参はどうでしょうか……」

「人参！」

千鶴は驚いた。

先日往診した時に、金さえあれば、人参を買って亭主に飲ませることが出来るのにと泣いていたおさくである。

そのおさくは、まだ往診のお金も納めていないのだ。

「お金はあるんです。先生、これ見て下さい」

なんとおさくは、五両もの金を千鶴の前に置いた。

「これは……」

「恵んで下さったのです」

「誰が……」

「たぶん、鬼ざくらではないかと……」

「鬼ざくらが？」

「はい、今朝起きたら土間にお金が……これに包んで……」

おさくは懐から、しわくちゃになった半紙を取り出した。

「先生、これだけあれば、人参湯なら亭主に飲ませてあげられますよね」

「ええ、まあ」

「お願い致します。亭主に人参湯を出して下さい」

おさくはバッタのように頭を下げた。


「千鶴によろしく伝えてくれ」

酔楽は、暇乞《いとまご》いをした清治に告げた。

「はい、そのように伝えます」

清治は頭を下げて部屋を出て行った。

千鶴の使いで、酔楽が造った丸薬を取りに来たのである。

「親分、ちょっと出かけてきます」

五郎政がやって来て酔楽に許しを乞うた。

「どこにいたのだ。清治にお茶ぐらい出してやらんか」

「まっぴらごめんです。先生、あいつは、ろくなもんじゃねえですぜ」

「またその話か、もう聞き飽きたわ。ところで何処《どこ》に行くのだ」

「こんやの肴《さかな》です」

「肴か……」

酔楽は考えている。何にしようかという顔だ。

五郎政はいらいらして、

「適当に見繕《みつくろ》ってきます」

立ち上がった。

「早く帰ってきてくれ、薬袋が無くなっている。患者に渡す袋がないのだ」

「分かりやした」

慌てて外に出て行った。

「なんだありゃあ……」

酔楽はあきれ顔で、五郎政が消えた廊下に言葉を投げた。

このところずっと五郎政は、千鶴の所にいる清治という男は油断のならない男だとことあるごとに言い、治療院に災いをもたらすんじゃないかなどと酔楽の心配を煽《あお》っていた。

「あやつには、俺と同じ臭いがしているんだ。まっとうな人間じゃあねえや」

五郎政はそう言っていた。

ところがそこに、突然千鶴の使いだと言って清治がやってきた。五郎政は嫌な顔をして、清治がいる間、顔も見せなかったのだ。

「まったく、あいつは……」

酔楽は舌打ちしたものの、五郎政の言うことにも一理あるなと、膝小僧を並べて座った、ことさら律儀な態度の清治を思い出していた。そこに何か尋常ではないものがあるのを酔楽も感じとっていた。

その五郎政だが、慌てて酔楽の家を出て来たと思ったら、足を急がせて清治の後ろ姿を追っていた。

清治に追いついて話しかける様子はなかった。

足早に歩いて行く清治を、気付かれないように、つかず離れず五郎政は尾《つ》けていくのだった。

そうとも知らず、清治は鼻歌まじりで上野の山を越え、下谷《したや》の広小路に出た。

――どこに行くんだ。

まっすぐ治療院に帰るんじゃないなと五郎政が思っていると、清治は湯島《ゆしま》の天神裏門坂通りから明神下《みょうじんした》に抜ける武家地で、丹念に屋敷を観察し始めたのだ。

塀の具合、木の茂り、門に近づいて門番がいるかどうかを確かめてみたり、左右の道に踏み入れて人の通りを確かめてみたりと、挙動不審な行動を取り始めたのだ。

――やっぱり、ただ者じゃねえな。

五郎政は息をつめて、清治の一挙手一投足《いっきよしゅいっとうそく》に注視する。

やがて清治は、とある武家屋敷の塀を、じっと眺めた。

それが終わると、今度は下谷の御数寄屋町《おすきやちょう》の紙屋『亀屋《かめや》』の表を遠くから観察するように眺めた。

亀屋は、なかなか繁盛している店だった。卸《おろ》しという看板も見えるから、卸しも小売りもやっているらしかった。

お客の出入りはむろんのこと、小僧や若い衆と呼ばれるような者たちが、次々と風呂敷を抱えたり背負ったりして出て来る。

そして、四方に散って行くのだった。

どうやら、配達や注文取りに出て行ったようだ。

――何してやがる。

五郎政は、いまいましい思いで手前の傘屋の前から清治を見ていた。

すると、清治がふっと五郎政の方を見たのだ。

五郎政は慌てて店の前に広げてあった日傘の背後に隠れた。だが遅かった。

つかつかと近づいてきた清治は、五郎政が隠れている日傘を取り払って、

「五郎政さんじゃありませんか。こんなところで何をしているんですか」

のんびりした口調で問いかけた。

「それはこっちが聞きたいよ」

五郎政は立ち上がって、つっけんどんに問い返した。

「決まってるじゃないですか。先生に紙を頼まれていましたからね、それでここに」

「ふん、紙をね……お武家の屋敷じゃ紙は売らねえぜ」

「ああ、あれ……立派なお屋敷だとつい見とれちまって」

「苦しい言い訳をしやがって」

五郎政は舌打ちすると、肩を怒らせて声を張り上げた。

「いいか、一度言っておこうと思ったんだが、千鶴先生にあまり迷惑かけるんじゃねえぜ」

「五郎政さんじゃありませんから」

「何だと！」

「忙しいので、これで失礼いたしやす」

清治はぺこりと頭を下げると、すたすたと足早に離れて行った。

──ちくしょう。めざとい野郎だ。やっぱり油断ならねえ奴だ。

五郎政は険しい目で、清治の後ろ姿を見送った。

六

求馬は、おやという顔で立ち止まった。

米沢町の飲み屋『赤鬼《あかおに》』に入る清治の姿を見たからだった。

赤鬼は昨年開いた店で評判が良い。

肴の種類も多く、おまけに安い。酒は地回りものだが、近頃では下りものの酒に負けないほどの良い味のものがあるから、下層の町の者たちばかりでなく、貧乏武士や浪人たちもよく立ち寄る店だった。

真面目な面《つら》して桂治療院に居座っている清治が、まさか酒を飲みにきた訳ではあるまいがと、少し気になった求馬は店の中に入ろうとして近づいた。

ところが、それよりも先に、清治は一人の中年男の襟首《えりくび》を摑まえて出て来たのだった。

求馬は物陰に身を隠して注視した。

「いったい、どんな了見で酒なんか喰らってるんだ！」

清治が中年の男を殴りつけた。

「わっ！」

中年の男は、一間ほど飛んで落ちた。

酔っ払った上にいきなり殴られた中年の男は、地べたを這《は》うようにして体を起こした。

清治はつかつかと近づくと、襟首を摑んで中年の男に言った。

「日の高いうちから酒喰らって、仕事はどうしたんだよ。大工の仕事は……」

「な、なんだよ、お前さんに文句を言われる筋合いはねえよ」

酒が回っているのか、ろれつも怪しく中年の男は言った。

「馬鹿野郎め！」

清治は中年の男の顔に嚙みつくように怒鳴った。

「そんな口はきかせねえ。千鶴先生に薬礼も納められないっていうのに……千鶴先生はそれでもいいって、おかみさんの病気が良くなればいいって、診てやってるのに」

清治は説教を始めた。

これ以上乱暴を働くようなら飛び出そうと思った求馬だが、ひとまず様子を見ようと、踏み出そうとしていた体を引っ込めた。

「仕事はねえんだ。あっても、女房が気がかりで行けねえからよ」

「立派な理屈をこねるじゃねえか。そんなにおかみさんが心配なら、なぜこんなところにくるんだ……」

「……」

「銀蔵《ぎんぞう》さん、それでいいのか……おかみさんは、生きるか死ぬかの瀬戸際で頑張っているんだぜ」

「だから飲みたいんだ」

銀蔵と呼ばれた男は、急に泣くような声を出した。

「なんにもしてやれなくてよ……あいつにこれまで掛けてきた苦労を思うと、申し訳ねえって、どうすりゃいいんだって……助けてほしいよ……今度元気になったら、箱根《はこね》か草津《くさつ》にでも連れて行ってやりてえ……一度も、どこにも、行ったことがねえからよ。貧乏で、苦労ばっかりかけてよ。あげくの果てに、あんな大変な病気になって」

「だから……せいいっぱいの治療をしてって、千鶴先生もそう言ったじゃねえか」

「……」

「人参飲ませればいいんだよ。きっと元気になるんだから」

「……」

「金がねえとは言わせねえぜ。あるんだろ？」

清治は急に、ドスのきいた口調で質《ただ》した。

銀蔵は、ぎょっとして清治を見た。

「俺は何でもお見通しだぜ。近頃は鬼ざくらって盗賊が、貧しい人たちのために、困っている人たちのために、お金を投げ入れてくれてるって聞いているぜ。親父さんのところにも、投げ入れてくれたんだろ……」

銀蔵は、見透かすような鋭い目で清治に見詰められて、こくんと頷いた。

「それみろ。それなのに何だこのざまは……」

「……」

「恵んでくれたのは人参を買う金だ。その金で酒を飲むのか」

「あの、それは……」

「言い訳は聞きたくねえよ。鬼ざくらの身にもなってみな。後ろに手が回るかしれない危険をおかして盗んだ金を届けているんだ」

「へい」

　銀蔵は、小さくなって俯いた。

「いいか、あの金を持って千鶴先生に頼むんだ。女房に人参を飲ませてやってくれってな」

「へい」

「おっと、これまで滞っていた薬礼もきちんと払うんだぜ」

　こんこんと銀蔵に説教する清治の顔は、求馬が見たところ、心底銀蔵を案じているもので、桂治療院の薬園で見た清治とは別人のようだった。

「あら、五郎政さんも来てたんですか。それにしても、珍しいことですね、おしる粉《こ》をおごって下さるなんて」

　千鶴は、衝立《ついたて》の奥から手を振って招く求馬と五郎政に近づいて言った。

おかめしる粉と銘打って売り出した近所のしる粉屋は、頃も八ツ頃とあって女の客が多数見られた。

求馬から会いたい旨の伝言を貰ってやって来たのだが、なんと五郎政まで来ていたのだ。

正直少しほっとした。

数日前に求馬から言われた言葉が気になっていて、今度言われたらどんな返事をしようかと考えていたからだ。

五郎政が一緒では、そんな話ではないに違いない。

二人が座す衝立で仕切られた座敷に上がると、

「こんなところにわざわざ呼び出したのは、清治という男に聞かれてはまずいと思ってな」

店の小女《こおんな》が注文をとって下がると、早速求馬は言った。

「清治さんが何か……」

怪訝な顔で座った千鶴に、二人はそれぞれ目の当たりにした清治の言動を話して聞かせた。

「確かに銀蔵さんが昨日やってきました。人参を欲しいと言うので、今日お道っちゃんが届けたところです」

「銀蔵に金をめぐんだのは鬼ざくらと清治は言っていたが、千鶴どのはそんな話を聞いたことはないのだな」

「そう言えば……」

千鶴は不安になってきた。

近頃そういう患者が何人かいた。

豊島町の源治郎爺さん、両国広小路で焼き蛤を売っているおよね。そして益三の女房おさくなど、誰かが土間にお金を投げ入れてくれていたなどと言って薬代を払いに来た。

いや、それればかりか、人参まで欲しいと言ってきた。

益三の女房おさくがそう言ってやって来た時には、おさくの願いをまるで聞いていた者の仕業《しわざ》のようで不思議に思ったが、

──あの場所にいたのは、自分とお道っちゃんと清治さん……。

千鶴はそこまで考えて、はっと顔を上げた。

求馬は言った。

「五郎政は、ひょっとしたら、清治は鬼ざくらの一味じゃないかと言っている」

「……」

「俺も実は疑っている」

「……」

「五郎政の話にあった下谷の御数寄屋町の紙屋に夕べ賊が入っているのだ」

そういえば、今日待合いで患者たちが、

「亀屋という紙屋に盗賊が入ったのを知ってるかい」

「鬼ざくらに違《ちげ》えねえって、ここに来る途中、よみうりが書き立ててたぜ」

そんな会話をしていたのを、千鶴は思い出した。

「素性を確かめた方がいい。五郎政の心配もあながち的を外れてないかもしれん。何かあった後ではどうしようもないのだ」

求馬も顔を曇らせた。とそこへ、

「おや、おやおや、誰かと思ったら千鶴先生じゃないですか」

なんと浦島が猫八を連れて現れたのだ。

「ふたつくれ、ここでな」

浦島はおしる粉を注文すると、三人が座っている中に割り込んできた。

「皆さんもお疲れですか。甘いものは疲れをとるっていいますからね」

「さあて、南町の旦那が、何して疲れるんだか」

すぐさま五郎政が言った。すると、

「五郎政、旦那に失礼だぞ。浦島の旦那はな、今鬼ざくらを追ってて大変なんだ。忙しいんだ」

猫八がすかさず返す。

「へえ、旦那がねえ」

「そうだよ、このことは誰にも言っちゃあいねえが、旦那は鬼ざくらの証拠を握っている。鬼ざくらも、もうおしめえだ。旦那は今度こそ大きなお手柄を立てるって訳よ」

自信ありげな猫八だ。

「証拠って何ですか」

千鶴が訊いた。

「千鶴先生、興味がおありですね」

浦島は、にんまりと笑う。

「ええまあ、近頃患者さんの間で、いろいろと噂してますからね」

「鬼ざくらを見たって人がおりましてね。とある長屋にお金を投げ込んでいるところを見たって……」

浦島は話し始めるが、五郎政をちらと見て、続きの言葉を引っ込めた。

「なんだよ、勿体《もったい》ぶるんじゃねえよ」

五郎政が、つっかかる。

「口の軽いやつがいますからね。止しときます。話が漏れてお手柄がふいになるかもしれませんから」

「ちぇ、いい加減なことを言うもんだ」

「似てるんだよ、その男が……清治という男に」

猫八が声を潜めて言った。

千鶴たちは一瞬絶句した。

「なあに、似てるって言ってるだけで、先生のところにいる清治だと、はっきり言ってるんじゃあねえ」

「猫八」

浦島が猫八の言葉を制した。

「先生、気にしないで下さい。随分男前だったたっていうんですがね、何それだけです、聞いているのは……鬼ざくらを摑まえて首実検《くびじっけん》すればわかることです」

「……」

「ただ、私としては、こんどこそと張り切っているわけです。近頃このお江戸は盗賊ばやりですからね。鬼ざくらもそうですが、鼠小僧《ねずみこぞう》っていう盗人まで出て来ましたからね。とにかく一人でも多く捕まえなくては、町の治安を預かっているのは町奉行所なんですから」

浦島は、自信ありげに言った。

千鶴は不安な顔で浦島の話に耳を傾けた。

七

「何かな、話というのは……」

板倉出羽守は、心配そうな目で千鶴を見た。

千鶴は、奥方の往診を終え、お道と一緒に板倉が政務する座敷に入って来たところである。

「はい、お尋ねしたいことが二つございます」

千鶴は言った。

　お道は千鶴の後ろに少し離れて静かに控えた。近頃はすっかり千鶴の弟子としての態度が身についていて、端《はた》から見れば、千鶴とお道とは美しく頼もしく、また清々《すがすが》しい子弟に映る。

「奥のことかな」

　板倉は言った。

「はい、ひとつは奥方さまのことです。奥方さまの病気は心の中にある悩みを取り除けば治ります。しかしそれには殿様の協力が必要です。奥方さまのために、ご協力いただけますでしょうか」

「わしで役に立つなら言ってくれ、何をすればいいのだ」

「はい、実は……」

　千鶴は先だって奥方から聞いた話を板倉にした。

　屋敷に賊が入ったらしく、手文庫にあった切り餅ひとつが盗まれた話である。

「これはしたり……」

　板倉は話を聞き終えると額を打って苦笑した。

「あの切り餅、実はな、わしが拝借しておる」

　内緒話をするように言った。

「まあ……」

「何、奥にはあとで言えばいいと思っていたのだが……まさか、手文庫の中を確かめていようとはな」

「殿様、奥方さまは殿様には外にいいお方がいらっしゃるのではないかと、そのようにおっしゃって案じておられましたよ」

お道が言った。

「まさか、奥もつまらぬ噂を気にするものよ」

「殿様がお悪いのです。はっきり、何々に使うのだとおっしゃれば良かったのに」

お道は口をとんがらせた。

「お道っちゃん」

千鶴が制する。だが、板倉は素直に頷いて、

「その通りだな。実はあれは、わしが半年前にとらえた火付けの男の妻子が借金まみれで暮らしに難儀しておってな。身売りまで考えていると聞いて、少し助けてやりたいと思ったまでだ」

「どうぞそれをそのまま奥方さまにお話し下さいませ。そうすれば、かならず今

の病は治ります」

「わかった。もうひとつの尋ねたきことというのは、何かな」

板倉は、笑みを浮かべて訊いた。

思いがけない話のあとで、すっかり千鶴とお道に心を許したようだ。

「はい、今探索なさっている鬼ざくらの事です」

「何、鬼ざくらとな」

「はい。殿様は鬼ざくらが、貧しい人たちの家に多額のお金を放り込んでいるのをご存じですか」

「噂は聞いている。しかしこちらの調べで分かっている鬼ざくらは、人に施しをするような奴らではないな」

「では、今巷《ちまた》で噂になっているのは、別人物……」

「そう考えている。千鶴どのはご存じかどうか、今この江戸を荒らしている盗賊は、鬼ざくらと鼠小僧、それにもう一人、一人働きをする盗賊がいる」

「はい」

千鶴はじっと見返す。

「この三件の盗賊には特徴があってな。鬼ざくらは、武家屋敷にも商家にも入っている。鼠小僧は今のところ武家屋敷だけだ。そして一人働きの男だが、この男は商家が専門だ」

「すると、昨夜御数寄屋町の紙屋に入ったのは、一人働き……」

「そう睨んでおる。紙屋の亀屋の店の金箱には、当夜五十両近い金が入っていた。ところが一人働きのその盗賊は、わざわざ九両しか盗らなかった。この盗人はどこに入っても十両以下なのだ」

「……」

「何か気になることでもあるのかな」

「いえ、患者さんのたわいもない噂話なんですが、鬼ざくらはいい男ぶりだったって」

「いや、それは違うな。鬼ざくらの兄弟は、背の低い、顔のまんまるい兄弟だ。ところがこの二人は、なかなか凶暴でな。三月《みつき》前に入った屋敷では、気付かれた下男を刺し殺しておる」

「まあ……」

驚いて聞きながら、板倉の言う鬼ざくらは、少なくとも清治ではないなと思った。

とはいえ、一人働きの盗賊もいるという話に、やはり一度は確かめなければと考えていた。

「おりせさん……知らないねえ」

やりて婆は、皺《しわ》を刻んだ顔で言った。

「そうですか、分かりやせんか」

「だってあんた、こんなところで本名でおつとめする女はいないよ」

「へい、それは分かっているんですが」

清治は苦笑した。

深川櫓下《ふかがわやぐらした》の女郎宿『富士屋《ふじや》』の軒先で、やりて婆に話しかけて母の名を持つ女はいないか尋ねたのだが、やりて婆はあっさり知らないと言った。

清治は江戸に出て来てから、あちらこちらの女郎宿を訪ね歩いて母を捜していたのである。

「だってあんた、何年前のことだい……」

「十年も前のことです」

「それじゃあ無理だね。こんなところじゃあ、三年もすれば抱えている女たちの半分はかわっちまうからね。もちろん、ずっとこの富士屋で長くいる女もいるよ。いるけど、働けるのも四十までだね。今いくつになる人なんだい」

「確か、四十八……いや九かな……」

「五十近いじゃないか」

やりて婆は、呆れた顔で清治を見た。

「生まれは江州守山、なまりがあった筈です」

「もしかして、あんたのおっかさんなのかい」

やりて婆は言った。

「へい」

清治が頷くと、やりて婆は気の毒そうな顔をした。皺に囲まれたやりて婆の瞳には、清治を哀れむ色が浮かんでいる。

「おふくろは、親父の薬代を稼ぐためにこの世界に入ったんです。あっしが十五の頃に、働いていた旅籠を出て行ったようです。旅の男と一緒に出たようなんですが、以後どこにいるのやら……」

「そうかい、気の毒な話だねぇ。そんな話を聞いちゃあ、なんとか捜してやりたいけど、十年も前の話じゃあね」

「すいやせん。ここに来たという確かなものはねえ、ただ、江戸に出たとだけ聞いたもので」

「でも、放ってはおけない」

「へい」

「いい息子さんだねえ。あたしにも一人娘がいるけど、なしのつぶてさ、あたしを嫌ってね……そこにいくと、あんた、見上げた者だね」

「いえ、ろくでもねえ野郎で……ただ、おふくろが元気なうちに会いてえ、会って一緒に暮らしたいと思いやして」

「ちょいと、泣かせないでおくれよ」

やりて婆は涙を拭った。

「ありがとうございやす。あっしと母親のために泣いて下さって、それだけであっしは……」

清治も言葉が詰まる。

「分かったよ、あんた、あたしがここらへんの宿の女将さんに聞いといてあげるよ。おりせという上方《かみがた》の女が来たことはなかったかとね」

「本当ですかい」

清治は目を丸くした。

「本当だとも」

「恩に着ます。これは気持ちだけですが、何か美味しいものでも食べて下さい」

清治はやり手婆の掌に一分金を置いた。

「いいよ、お金なんて」

やりて婆は遠慮したが、

「俺の気持ちです。なんだか身近な人にあったような気がして……」

「ありがとう。じゃ、せっかくだから頂くよ」

やり手婆は機嫌良く言い、店の中に入って行った。

――また空振りか。

がっかりして踵《きびす》を返した。

だが清治は、その刹那《せつな》、はっと息を呑んだ。

なんとむこうを歩いているのは、鬼ざくらの片割れではないか。

――とうとう見付けたぞ。

清治の顔は俄《にわか》に強ばっていく。

清治の脳裏に、ひと月近く前の夜の出来事が甦《よみがえ》った。

築地の武家屋敷の前だった。夜の町を急ぎ足に歩いてきた清治は、ふたつの影が塀から飛び降りたのを見た。

清治は思わず黒塀に体を貼り付けるようにして二人の様子を窺《うかが》った。

二人は頰かぶりを取ると何もなかったかのように去って行く。

清治の行く手と同じ方向だった。清治も後に続く。

だが、角を曲がったその時、二人の男が待ち受けていたのである。

「見たな」

盗賊の一人が言った。

風がうなり声を上げ、盗賊と清治の間を吹き抜けて行く。

「そうか、おめえさんたち、鬼ざくらだな……」

清治は二人を、まじまじと見た。

二人は背丈や体つきがよく似ていた。それだけではない、顔つきまで似ている。猿のような顔だった。

「猿が鬼ざくらか……」

思わず笑った。

「やっぱり見ていたのか、生かしちゃあおけねえ」

その言葉にかっとなったように一人が叫ぶと、二人は申し合わせたように懐から匕首《あいくち》を引き抜いた。

「止めろ」

清治は瞬時に後ろに飛んだ。そして自分も匕首を引き抜いた。

腰を落として交互に二人に視線を遣りながら言った。

「誰にも言いやしねえよ。盗んだ相手は年貢で暮らす侍だ。それに俺も同じ穴のむじなでね」

そう言ったが、

「うるせえ、それならなおさらだ」

二人は一斉に飛びかかってきた。

清治は、最初の匕首を躱《かわ》したが、男たちはまるで猿のように身軽だった。払っても払っても交互に飛びかかって来て、ついに清治は右足を刺されたのだ。

鋭い痛みを感じて清治が蹲《うずくま》ったその時、むこうに提灯の灯が見えた。

「いけねえ」

二人は慌てて、風の吹きすさぶ闇に逃げ去ったのだった。

清治も提灯の灯を逃れるように塀伝いに歩いた。

やがて視線の先に弾正橋が見えてきた。

清治は必死で橋に向かったが、橋の袂で力尽きて蹲った。

もう死ぬかと思いながら夜を明かした。

なんと翌日の昼になって助けてくれたのは南町のまぬけな同心で、お陰で命が助かったが、――あの時の傷は癒えても、刺された時の怒りはそのままだ。

清治は男を尾け始めた。

八

清治は、包帯の布を畳んでいる。

畳みながら、千鶴が診察している女の訴えに聞き耳を立てていた。

「先生、あたし、お金はなんとかします。どうか夫を助けて下さい」

「おしのさん、落ち着いて」

千鶴は女の手をとって言い聞かせた。

「確かにお金があれば、長崎の出島《でじま》にあるお薬を分けてくれるかもしれません。高い薬です。でも、それを飲んだからといって、急に良くなるものではないのです」

「でもこのままいったら、あの人は……」

「近頃は大変増えている病です。おそらく、どこかで貰ってきたんでしょうね。一度病をうつされると、そうそう治るものではありません。それに、とても強いお薬ですよ」

「……」

おしのは俯いた。

「私が案じているのは、あなたのことです」

「……」

「既にあなたも病気を貰っているかもしれない」

「……」

「ご亭主と閨《ねや》を一緒にするのは止めて下さい。いいですね」

「……」

おしのは顔を上げなかった。

「おしのさん」

するとおしのは、顔を上げて、

「先生、先生のおっしゃる事は、もう夫のことは諦めなさいということでしょうか」

おしのは、無慈悲なことを言う医者だと、咎《とが》めるような眼になっている。

「おしのさん……」

「お願いです。そんな事をおっしゃらないで下さい。お金のことはなんとかします。あたしさえ決心すれば、お金は手に入ります」

「おしのさん、何を考えているんですか。変な了見をおこしちゃあいけません。あなたが何を考えているのか分かっています。でも私は、そんなお金を持って来られても、はいそうですかと、お薬を渡すことは致しません」

「……」

おしのは哀しげな目で睨む。

「いいですか、私がこのような事を言うのは辛いのですが、今の医術でどうすることもできない事はあるんです。しかも、お金のある人はその薬が買えて、お金のない人は買えない。不平等ですが、私たちはそれを受け入れて暮らすしかありません。自分たちの出来る範囲で、尽くしてみる。それしかないのです」

「……」

「私もね、医者として力を尽くしますから……」

「先生……」

おしのはそこに泣き崩れた。

「お道っちゃん、送ってあげて下さい」

千鶴はお道に言った。

お道がおしのを労りながら診療室を出て行くと、

「先生、今の人の亭主の病は何ですか」

清治が興味深そうに聞いた。

「梅毒です」

「梅毒……」

「聞いた事があるでしょう」

「へい」

「別名湿毒《しつどく》、瘡毒《そうどく》などと言われていますが、年々梅毒の患者さんは増え続けています。数年前にお亡くなりになった杉田玄白《すぎたげんぱく》先生が晩年おっしゃったそうですが、毎年千人余りの患者を診てきたが、そのうち、七、八百人は梅毒の患者だったと……うちの患者さんの中にも多くなりました」

「すると、なんですかい。先ほどおしのさんが言っていた薬というのは、どういうものなんですか。長崎から取り寄せないといけないんですか」

「ええ、梅毒のお薬は、今は輸入に頼っています。『水銀の軽粉《けいふん》』は阿蘭陀《オランダ》からのものですし、それから『土茯苓《どぶくりよう》』、これはわが国では山帰来《さんきらい》と言っていますが、中国から輸入しています。山帰来は毎年大量に輸入していますが、患者が増え続けて足りないのです」

「だから値が高い」

「ええ、お金のない人は買えなくなっています」

千鶴の記憶の中では、宝暦《ほうれき》四年（一七五四）に既に山帰来の輸入量は六十八万一千二百五十斤《きん》（四百九トンほど）で、中国から輸入している薬草の半分近くが山帰来だ。今ならもっと輸入は増えている筈だが、それでも薬は足りない。

近頃医者で金持ちになる者は、皆この梅毒治療を熱心にやる医者で、多額の薬礼をとっている。

「すると、あのおしのさんの亭主は、もう治らないので……」

「腫れ物が出ていますからね。それが膿《う》んでいるのです。難しいところです」

千鶴はため息をついた。

清治は黙って包帯を整理している。

千鶴はその横顔をそっと見ていたが、ふと思い出したように清治に話しかけた。

「そうそう、清治さん、何かおっかさんのこと、分かりましたか」

「いえ、気長にいきます」

「遠慮せずに捜しに行って下さいね」

「ありがとうございやす」

清治は申し訳なさそうな顔をして立ち上がると、部屋を出て行った。

千鶴はもう一刻（二時間）ほど、父桂東湖《とうこ》が残した日誌を捲《めく》っている。

梅毒患者の治療の成果を見ているのだが、なかなかどのような薬を使っても難しいと書いてある。

――悔しいが、今の医学では、どうしようもない。

大きくため息をつき、お竹が入れてくれたお茶を飲んだ。

梅毒の患者は、おしのの亭主だけではなかった。

千鶴の患者でも、三分の一が梅毒に冒されている。

特に女が冒されると、子供も産めなくなる。

「先生……」

部屋の外でお竹の声がした。忍びやかな声である。

お竹は、千鶴の返事を待つまでもなく、静かに戸を開けた。

「今、出かけました」

千鶴は頷いて立ち上がった。

急いで玄関から外に出る。

清治は丁度、通りの角を曲がるところだった。

月は半月《はんげつ》、千鶴は清治に気付かれぬように後を尾けはじめた。

実はこの夜の清治の行動は予測されたものだった。

千鶴はわざと清治を診察室に入れ、患者の話を聞かせたのだ。

患者の中には必ず、薬代が払えない人がやって来る。千鶴がそういう人には治療代を待ってやっているということを知っているからだ。

現実は、なかなかそういう人から薬代の回収は出来ないが、全て施しとなると、お金があっても払わない患者も出て来る。

それは患者のためにも、決して良いことではない。

だから表面上は、お金が出来た時に支払って貰うことになっているのだが、それでも今日のおしののような相談は後を絶たない。

そんな患者たちの話を聞いた清治が動くのかどうか、千鶴はそれを確かめたかったのである。

お竹の話では、清治は帳簿をつけていたお竹に、おしのの住まいを聞いたらしい。

「今度薬を届ける時にと思ってね」

そんな言い訳をしたらしいが、果たして清治は、人の往来には目もくれず、やがて小伝馬町の通りに出ると、傘問屋の横手の木戸に入って行った。

――やっぱり、おしのさんの家だ……。

千鶴は木戸の手前から、清治を見詰めた。

「そういえば、先生、清治さんが夜中に裏木戸から帰ってきたのを見たことがあります。翌日どこに行っていたのかと聞くと、おっかさんを捜しに行って来たなんて言ったんです。それで私も何にも言えなくなって、おかしいなとは思ったんですが……」

お竹の言葉が脳裏に浮かぶ。

――あっ。

と千鶴は思わず声を出しそうになった。

清治が、おしのの家の腰高障子の破れたところから、何かを投げ入れたのが見えた。

そして、清治は忍び足で戻って来た。

「清治さん」

千鶴は、清治の前に出た。

「せんせ！」

清治は仰天《ぎょうてん》して立ち止まった。

「いまお金を投げ入れましたね」

「な、なんのことですか」

清治の顔が慌てている。

「お薬代に困っている人にお金をめぐんでいたのは、清治さんだったんですね」

「いいえ、まさかそんな」

「だったら、何故、おしのさんの家にやって来たんですか」

「それはその……その、様子を見るために」

「嘘をつくのは止めなさい。一緒におしのさんの家に行きましょう」

清治の腕を取ったその時、

「先生……」

「おしのさん」

おしのの家の戸が開いたと思ったら、おしのが何かを握って走って来た。

千鶴が呼びかけたその時、清治が千鶴の脇をすり抜けて逃げた。

「あっ」

千鶴は叫んだ。だがすぐに、

「放してくれ！」

清治の声がしたと思ったら、

「千鶴どの」

清治の腕を摑んだ求馬がやって来た。

「求馬さま……」

「五郎政と交代で、ずっとこの男を見張っていたのだ」

「まあ……」

「放してくれよ」

清治は、おしのの視線を感じてか、決まり悪そうに言った。

「それはできんな。これから千鶴どのの所で、じっくり話を聞かせて貰うぞ」

求馬は、清治の腕を摑んで追い立てて行った。

「先生、まさかこのお金、あの人が……あの人が、鬼ざくらが……」

おしのは、ちらと帰って行く求馬たちを見た。おしのの掌には、小判が三枚載っている。おしのはどうしていいのか面食らっているようだった。

「いいえ、鬼ざくらではありませんよ。これは清治さんが、あんまりあなたがお気の毒だというので……」

「清治さんが……」

おしのは改めて三両を見詰めると、おしいただいてぎゅっと握りしめた。

千鶴も困った。富札でも当てたような気持ちになっているおしのの手から、三両取り上げるのは抵抗があった。

だが、目の前の金が、どこからか盗んできたかもしれないのなら、取り上げない訳にはいかない。

「でもね、ごめんなさいね、おしのさん。このお金は少し事情があって、私が預かります。使うところが決まっていたお金なんです。その代わり、今日おしのさんが言っていたお薬ね、なんとか手配してみましょう」

「先生……」

「悪く思わないでね。清治さんも私も、みんなあなたの事を思ってのことですから」

「悪く思うなんてとんでもない。ありがとうございます」

おしのは、ほっとした顔で頭を下げた。

九

「何もかもお話しいたしやす」

観念した清治は、千鶴と求馬の前に手をついた。

少し離れてお竹とお道が見守っている。

五人がいるのは玄関脇の四畳半の小部屋である。大きな蠟燭《ろうそく》が二本、五人の暗い頬を照らしている。

「千鶴先生には、二親《ふたおや》のことなど話しましたが、あれに嘘はございません」

そう前置きして、母親を江戸に捜しに出てきたのも本当だと言った。

「ですが、地に足がついておりやせんから、どこで働いてもすぐに首になりやして……そうこうしているうちに、盗みに入るようになったんでございやす、へい」

清治は、神妙だった。

ここに運ばれてきた経緯も話した。

あの晩、初嵐の夜のこと、盗みを働いて引き上げてきた清治は、武家屋敷の塀から飛び降りて来た鬼ざくらを実見し、その後争いになり足を刺された話も、順序だてて話した。

「すると、火付盗賊改の板倉さまのおっしゃっていた、どこに入っても十両以下の盗みを重ねる盗人がいるというのは、清治さんの事だったんですね」

「へい」

「何故だね。手加減しても盗みの罪は変わらん、言いわけにはならんぞ」

求馬が容赦なく吐きすてた。

「分かっておりやす。ですが、馬鹿な話とお思いでしょうが、捕まった時に、十両以下の盗みだと刑も軽いと聞いていたものですから」

「それは、それまでの盗みがなければの話だろう」

「ですが、それまでの盗みがばれなければ、十両以下の盗みでお裁きを受けることになります」

「そんなに都合よくいくものですか」

聞いていた千鶴も苦笑せずにはいられない。呆れた顔で更に訊いた。

「いったい、これまでにどれだけ盗んできたのか覚えていますか」

「帳面につけております」

お道とお竹も、顔を見合わせて苦笑する。

抜けているのかと思うと、妙に几帳面《きちょうめん》なところがある清治である。

清治は真面目な顔で言った。

「いつか金が出来たら返そうと考えていやしたから……でも」

「でも何だ」

求馬は険しい目で見た。

「ここに来て、患者さんの嘆くのを聞いて、でもこの治療院には、あんまり金はなさそうですし、先生も困っている。それで盗んだ金を配るようになったんですが、そうなると、盗った金をいつか返そうなんて虫のいい魂胆は遠のくばかり……正直どうしたもんかと困っていたところです」

「馬鹿者……ったく、お前は、ここをねぐらにして盗人稼業をやってた訳だ」

「申し訳ありません。でも盗んだ金は全額皆さんに……私は食べさせて貰っておりやすから」

「盗みは盗みだ」

求馬が一喝《いっかつ》すると、清治は首を亀のように引っ込めた。

「どうする、千鶴どの……」

求馬は千鶴に訊いてきた。

「そうですね」

千鶴は困った。

町奉行所に引き渡せば、最後は打ち首に決まっている。かと言ってこのままここから逃がしてやれるかというと、それも出来かねる。

「覚悟をしておりやす。どうぞ、千鶴先生の手で引き渡して下せえ」

清治は言った。声は震えていた。

「清治さん」

「おっかさんも、これだけ捜しても見つからねえんです。どだい、どんな男と江戸に行くと言ったのやら分からないまま、あっしも江戸に出てきたんですから無理もねえんですが、もう諦めます。いえ、捕まれば諦めなくてはいけねえ、それは覚悟していやしたから」

「……」

皆の気持ちは一様に重い。清治が打ち首になる姿だけは見たくなかった。何とか抜け道はないものかと頭をめぐらしても名案などあるはずもなかった。

「親を捜せねえ者は親不孝ですが、捜せねえようになったんなら、親不孝じゃございやせん。死ぬまで捜したんだと胸を張れます。ただ」

清治は真剣な顔で千鶴を見た。

「先生、頼まれていただけやせんか。あっしの母親はおりせと言います。生きていれば年は今年で四十八か九です。胸にほくろがあります。この先先生が、おふくろによく似た人を診察した時には、確かめては貰えませんか。あんたに倅《せがれ》はいなかったか……いたのなら、その子の名は清治というのではなかったか……そして、もしおふくろだった時には、馬鹿な息子が母親を捜していたが、首を斬られて死んじまったと伝えてくだせえ。あの馬鹿は、いい年をして、最後まで母親を慕っていたと……」

千鶴は深く頷いた。

「良く分かりました。でもその前に、清治さん、先日、鬼ざくらを深川まで追って行ったといいましたね」

「へい、あっしはあの日、鬼ざくらの居場所を突き止めました。いざという時には、脅して金を出させようと思ったんです」

「教えてくれませんか、鬼ざくらの住処《すみか》を……」

「お安い御用です。何、あっしが首を斬られるのは仕方がねえ。ですが、あいつらだってのさばらせておく訳にはいかねえ。心残りだと思っていたところです」

清治は、神妙な顔で言った。

「分かりました。それでは私、これから板倉さまのお屋敷に行って参ります」

千鶴は険しい顔で立ち上がった。ふいに湧いてきた思いつきに、賭けてみようと思ったのだった。

「よし、俺も行こう」

求馬も立ち上がる。

「じゃ、あっしも」

清治も立ち上がったが、

「清治さんは今夜はここにいて下さい、いいですね」

千鶴は、強い口調で念を押した。


翌日のことだった。

深川で大きな捕り物があった。

板倉率いる火付盗賊改の捕り方たちが、永代寺《えいたいじ》の裏側にある、蛤町《はまぐりちょう》の一軒家にいた鬼ざくら兄弟を捕まえたのだ。

今日のよみうりは、鬼ざくらの事で声を張り上げている。

清治はというと、夕べから自分の部屋に正座し続けているのだった。

清治の脳裏には、少年の清治が珍しく母と並んで歩いていた。母はいつも仕事に出ていて、食事をする時の他は話すことすらない毎日だったのだ。

それがなぜか、清治と母は、うきうきしながら歩いている。

それは、辛い時にはいつも浮かんで来る光景だった。

場所は守山の宿場町、お宮の祭りの日だった。

母は数日前に買ってきた絹の着物を着ていた。晴れやかな柄だった。母の年齢なら、もう少し落ち着いた色と柄がいいんじゃないかと、子供心に清治は思った。

友達に会ったら、母がどう見られるかと思うと、少し恥ずかしかったのだ。

二人で並んで歩きながら、どうしてそんな派手な着物を買ったのか尋ねようとした時だった。母が先にその事について言った。

「清治、この着物、どやろ？……古着屋で負けてもろうて買《こ》うてきたんえ……」

立ち止まって、両袖を広げるようにして見せた。母ははにかんでいた。

「よう似合《お》うてるえ、おっかさん」

「ほんま……おおきに」

いつもと違う母親を見て、清治は母のもとから走って屋台へ向かった。

「清治、お待ち……」

母の声が追っかけてきた。

清治はかまわずお宮さんの方に走った。

走りながら、なぜか涙が出て来た。

――おっかさん、おいらが大人になったら、大人になったらおっかさんに似合う、もっといい着物を買ってやるよ……。

清治は心の中で叫んでいた。

清治には母親の苦労と不遇な暮らしが身に焼きついていた。

だが、涙は出て来たけれど、どこか胸の中があったかくて、清治には忘れられない母親との思い出の一齣《ひとこま》だった。

「……」

清治は夕べから、なんどもなんども、その思い出を辿《たど》っていた。そうする事で、もう怖いものはないように思えてくるのだった。

「清治さん、お迎えが来ました」

お道が告げに来た。

「へい」

清治はすっくと立ち上がった。

月代《さかやき》も髭《ひげ》も剃《そ》っていて、さっぱりとしている。

房ようじに下帯、それに手ぬぐいを懐に突っ込むと、清治は玄関に迎えに来ている板倉の配下の同心に一礼した。

「よろしくお願いいたしやす」

両手を突き出すが、同心は、

「そのままでいい。行こう」

手に縄は掛けなかった。

「それじゃあ、先生」

流石の清治も名残惜しそうな顔で別れを告げた。

「清治さん、体に気をつけてね」

見送りに出て来たお竹が言った。

「よろしくお願いいたします」

千鶴は、同心に頭を下げた。

清治はまもなく、桂治療院の門から消えて行った。

——どうぞ、お聞き届け下さいますように……。

千鶴は見送りながら祈っていた。

昨夜板倉家を訪ねた千鶴は、清治のこれまでの事情を話し、鬼ざくら捕縛《ほばく》を条件に、清治の罪の軽減を頼んできたのだった。

町奉行所ではどうにもならないかも知れないが、火付盗賊改ならば板倉の裁量で罪の軽減は可能かもしれない。

千鶴は、その考えに賭けた。

むろん求馬も同じ考えだった。

「即答は出来ぬが、わしに任せろ」

板倉は、そう千鶴に言ってくれたのだ。

「先生、まるで初嵐が去って行ったようですね」

お竹が言って空を仰いだ。空は今日は晴天だった。

第二話　貝紅

一

「先生、おたまの具合はいかがでしたか」

女牢のおたまの診察を終え、お道と牢屋敷を出て来ると、同心詰所にいた鍵役《かぎやく》の蜂谷吉之進《はちやきちのしん》と牢屋世話役の有田万之助《ありたまんのすけ》が待ち構えていた。

おたまは入牢してまだ一月にもならぬ女だが、浅草寺《せんそうじ》で参拝客の懐《ふところ》を狙って捕まった掏摸《すり》だった。

三十半ばの色の白い華奢《きゃしゃ》な女だが、気性が激しく、北町の同心が捕縛した時には暴れていうことを聞かなかったという事だ。

そのおたまが、熱を出して、食事も進まぬようだと連絡を受けて診察したのだが、千鶴の診立てではおたまは胸を病んでいると見た。

「労咳《ろうがい》だと思われます」

千鶴は二人の前に座って言った。

お道はすぐに薬の調合を始めている。

「すると、薬は……まさか人参《にんじん》を飲ませる訳にはいきませんからな」

蜂谷が苦虫《にがむし》を嚙《か》み潰した顔で言い、ちらとお道の手元を見た。

「正直に申しますと、今の医学では治すのは大変難しいです。私の出来ることといえば、少し元気の出る薬を調合してあげたいと思うのですが、それもこちらの予算ではなかなか難しいですからね」

千鶴は、そうでしょう、という風に蜂谷の顔を見た。

せめて滋養強壮に効果がある『六味地黄丸《ろくみじおうがん》』という地黄を主に、山茱萸《さんしゅゆ》・山薬《さんやく》・茯苓《ぶくりょう》・沢瀉《たくしゃ》・牡丹皮《ぼたんぴ》などからなる薬でも飲ませてやることが出来ればと思うのだが、値が張るし、牢屋敷の予算ではとうてい無理なことは承知している。

「溜《た》まりに移せば、ここよりはまだ良いかと思いますが……」

「ふーむ」

蜂谷は厄介なことになったという顔で、有田万之助と顔を見合わせた。

千鶴にしたって、こんな話はしたくはなかった。だがおたまの顔色は悪く、ひどく痩《や》せているのが気に掛かった。

「可哀想な女ですよ。幼い頃に両親を亡くして一人で生きてきたと言っていましたからね。一年前までは誰かの世話になっていたようなんですが、一人になって食うに困って掏摸をするようになったらしい」

初犯扱いで罪は軽いようだというのが二人の考えだったが、あの分では外に出ても暮らしていくだけの体力が果たしてあるだろうかと千鶴は思った。

「それはそうと、千鶴先生、気になることがあるとかおっしゃっていましたね」

万之助が訊いた。

「ええ、盗みを働いた罪で、清治という上方《かみがた》出身の男の人が入ってるんじゃないかと思いまして、もし記憶にあるようでしたら、教えてほしくて……」

「盗人《ぬすっと》の清治ですか……鬼ざくらは即刻処刑されましたが、聞いてないな」

首を傾《かし》げる。

「二十日ほど前でしたか、儀助《ぎすけ》とかいう男が、これも盗みの初犯で牢屋に送られてきました。ですがこの者は、百敲《ひゃくたた》きを受け出牢していきました」

と蜂谷は言い、怪訝《けげん》な目を千鶴に向けた。

「儀助ですか……」

「そうです。他には知りませんな」

「火付盗賊改の板倉さまのほうから入牢した者です」

「儀助はそうだったな、万之助」

蜂谷は万之助に聞く。

「そうです。儀助は初犯で十両以下の盗みということでした。このひと月の間に、板倉さまのところから入牢した者は、鬼ざくらの兄弟と、その儀助だけです。他にはありません」

万之助が言い終わると、また蜂谷が付け加えた。

「先生、何かあるんですか。清治という者が入ってきたら、何か融通をきかしてやってほしいなどと頼まれているんじゃないでしょうね」

「いいえ、人づてに近頃この江戸に何組もの盗賊が出没していて、そのうちの一組に清治という名の者がいたなどと小耳に挟んだものですからね。私にも清治という知り合いがいて、心配になって……でもきっと私のとりこし苦労に違いありません。忘れて下さい」

千鶴の頭の中では、このひと月、ずっと清治のことが気になっていた。

千鶴自らの手で板倉の配下に渡したが、もしやもう、処刑になって生きていないのではないか、渡さなければよかったのではないかと気持ちが揺れているのである。

「先生も物好きなお人だ。盗賊が気になるなんて」

万之助は言ってくすりと笑った。

何も知らない蜂谷や万之助がそう思うのは無理もなかった。

千鶴は苦笑してみせた。だが、気が晴れることはなかった。

板倉の奥方の治療は一段落していて屋敷を訪ねることもなかったが、

――おじさまなら何かご存じかもしれない。

折を見て酔楽に尋ねてみよう、と千鶴は思った。


「先生、何か大変なことになってるらしいですよ」

小伝馬町の牢屋敷から帰ると、お竹が台所から出て来て告げた。

「何が大変なの？」

「五郎政さんですよ。深川の裾継《すそつぎ》で足止めを食ってね、お金を持って来てほしいんですって」

裾継とは、深川にある岡場所のことである。

「お金を？」

「ええ、一両二分ですって」

「大金じゃないですか」

「あの極楽とんぼのすることといったら……酔楽先生に言えなくって、こっちに助けを求めたのね、きっと」

お竹は、玄関から診察室に向かう千鶴とお道を追っかけて来て五郎政を毒づいた。

「お店の名は？」

千鶴が訊くと、

「確か、松葉屋《まつばや》と言ってたと思いますが、若い衆が二人もやって来て、助けてやりたかったらお金を持ってこいなんて」

「まったく……」

千鶴は机の前に座ってため息をついた。

清治のことが気がかりで晴れない気分で帰ってきたというのに、今度は五郎政か。

「先生、ほっとけばいいんですよ」

お道は、往診の道具を腹立てまぎれにどんと置いた。

「お道っちゃん、気をつけて」

「ごめんなさい。だって先生、腹が立ちませんか……皆せっせと働いているというのに、昼間っからお女郎さんのところに上がり込んで、どうせ、五郎政さんの事だから、いい顔して美味《おい》しいものを取ったりして、それでお金が足りなくなったんですよ。痛い目に遭えばいいのよ」

「そうは言っても助けを求められたら、放ってはおけないものね」

「先生は甘いんです」

「なんでも、納戸《なんど》に押し込められているようですよ」

お竹が付け加えた。お竹も散々に毒づきながらも案じていることには間違いない。

「やっぱり酔楽先生に連絡しましょうか」

「いいわ、私が行きます。お竹さん、夕食すぐに出来るかしら、少し早いけど食事を済ませてから行きます」

「分かりました」

お竹は急いで台所に走って行った。

「先生、私もご一緒します」

お道が言った。

「いいえ、お道っちゃんはここにいて頂戴《ちょうだい》。患者さんでお薬を取りに来る人もいるでしょう。それに、急患だってあるかもしれない。ちょっとした応急処置なら出来るでしょ」

「先生……」

お道は心細そうな顔をする。

「大丈夫よ、少しずつ慣れなくてはね」

千鶴はお道の手を握ると、頷《うなず》いた。

「お道っちゃん、それより、求馬さまに伝言をお願いできるかしら。場所が場所だけに、何が起こるか分かりませんからね」

千鶴は求馬に用心のためについて来て貰おうと考えていた。

半刻（一時間）後、千鶴は求馬と一緒に深川に向かった。

二人きりで出るのは久しぶりだった。

秋も半ば、風にも冷気が忍びこんでいて急いで歩いても汗ばむことはない。

着飾った若い女たちが賑《にぎ》やかに二人とすれ違っていく。だがその女たちが、いずれもちらと求馬に視線を流していくのを千鶴は見ていた。

女たちの視線には、明らかに憧れの色が見えた。

一緒に歩いている千鶴とまさか夫婦だとは思うまいが、通りすがりの女たちが気をそそられるほどの殿御と連れ立っていると思うと、ちょっぴり誇らしい気分になる。

とはいえ、こうして並んで歩き、千鶴に手を貸してくれるのも、これきりかもしれないのだ。そう思うと、ふっと寂しさに襲われる。

千鶴は、そんな思いをおし隠して歩きながら、清治の話や女牢のおたまの病の話をしていたが、

「もうあの件はお決まりになったのですか」

求馬に訊いてみた。

あの件とは他でもない、求馬がいずれかのお役に就けると聞いたあの話である。

「いや、まだだ。分かったら千鶴どのには一番に話す」

求馬は、きっぱりと言ってくれた。

丁度御船蔵《おふなぐら》を越えて新大橋《しんおおはし》を右に見た時だった。

永代橋《えいたいばし》の辺りには帆を上げた大きな船が動いていたし、川筋には屋根船を連ねて上流に向かって来る一団が見えた。

この屋根船の一団が近づくにつれ、千鶴は目を奪われた。

まだもみじ狩りまでには間があるというのに、船に乗り合わせている面々の着物が晴れやかで、それに一行にはどこか厳粛な気配がうかがえるのだ。

「嫁入りだな」

求馬が呟《つぶや》いた。

「ええ……」

千鶴は先頭を行く船に、白無垢《しろむく》の花嫁姿があるのを認めていた。

──私には縁がないかもしれない。

近頃はそんな風にふっと思う時がある。自分には父の遺した治療院を引きついでいくという使命がある。その使命の前では、白無垢姿は他人事のように感じられるのだ。

だがそう感じた瞬間、体の中を色の無い風が吹き抜けるのだった。

佐賀町《さがちょう》に出ると薄闇に襲われた。蔵が建ち並ぶ道を足早に通り過ぎて永代寺の門前仲町《もんぜんなかちょう》に入った。

「あの亥口橋《いのくちばし》を渡れば裾継だ」

求馬が立ち止まって言った。求馬は橋の向こうに広がる深川の岡場所街を睨《にら》んでいる。

橋の手前の商家には、白い軒行灯《のきあんどん》が掛かっているが、橋向こう一帯には、淫靡《いんび》な華やかさを演出する赤い提灯《ちょうちん》が見えた。

「あれが櫓《やぐら》だ。あの前に構えている岡場所を表櫓と呼んでいる。表櫓には十四軒の宿があり、いずれも呼び出しだ」

と求馬が言った。

呼び出しというのは、子供屋と呼ばれる店から女を呼び出して遊ぶ宿のことをいう。

それに比べて、二人が立っている亥口橋のすぐ向こうに見える横櫓と呼ばれる女郎屋四軒と、その向こうに軒を連ねる裾継と呼ばれる女郎屋五軒は、女は総伏せ玉、女郎屋にいけばいつでも女たちが待っている宿だった。

五郎政がいるのは裾継だから、伏せ玉の店にいるということらしい。

二人は、橋を渡って女郎宿の道に入った。

すると早速、

「旦那、寄っていって下さいな」

首まで白く塗った女たちが、千鶴が同道しているにもかかわらず、求馬の袖《そで》を引く。

一人やり過ごしても、また次の女が近づいて来る。退廃的で腐敗の臭いさえ漂っているように千鶴には思えるのだが、江戸に住む男たちにとっては岡場所はなくてはならない所らしい。

「いい子がいますよ。一度おためし下さいな」

やり手婆と呼ばれる年増《としま》の女も近づいて来る。

求馬はそれを、苦笑まじりに上手《じょうず》にやり過ごす。

そつのない断り上手の求馬を見ていると、千鶴はふと、随分こういう場所に慣れているのではないか、などと余計な詮索《せんさく》をしてしまう。

まもなく、

「ここだな」

求馬は、一軒の店の前に立ち止まった。

軒に松葉屋と文字のある行灯が掛かっている。

千鶴と求馬は頷き合うと店の中に入った。

すると女たちが三人、ぞろぞろと着物の裾を引きずって出て来た。三人とも朱の目立つ派手な着物を着て襟《えり》を抜いている。首は真っ白けで、もちろん顔も白く塗りあげて、紅は真っ赤につけている。

「桂千鶴先生でございますね。少しお待ちを」

千鶴が名を告げると、女は赤い口をぱくぱく開けて言い奥に入って行った。そしてまもなく引き返して来て、上に上がれと促した。

通されたのは、帳場の裏手にある女将《おかみ》の部屋だった。背後に大きな神棚を作り、御札がたくさん並べある。

その前で、色の黒い骨太の女が長火鉢《ながひばち》の前に座って待っていた。

「どうぞそちらに」

女将は座を二人に勧めた。

「持って来て下すったんでございますね」

早速金の催促をしてきた。

「はい。一両二分ですね。持ってきましたが、その前に、ここに五郎政さんを呼んで下さいませんか。少し事情を本人の口から聞きたいのです。お支払いはその後で致します」

千鶴は、きっぱりと女将に言った。

「ふん、ずいぶん面倒くさいことを言うもんだね。こっちがいい加減な話で呼びつけたと思っているんじゃないだろうね。まったく、女の医者などこれだから困っちまう」

女将は皮肉を込めて言い放つと、

「時《とき》さん、二人を呼んどくれ！」

部屋の外に大声を上げた。そして長いキセルを取り出して煙草《たばこ》を詰め、長火鉢の中で火を付け、うまそうに吸い始めた。

ふうっと煙をはき出すと、じろりと千鶴を眺めて言った。

「千鶴先生とおっしゃるんですってね。なんでもお金のない人からは薬礼をとらないんだって聞きましたよ。しかしまあ、こんなにお若いとは、見上げたもんだね。出来ればうちの女たちもお願いしたいくらいですよ」

褒《ほ》めている振りをして口元には薄笑いを浮かべている。

「女将、しかしいったいぜんたい、何故《なにゆえ》一両二分も五郎政がここで使ったのか説明してくれ。俺の調べたところでは、ここは二朱あれば一晩相手をしてくれるところだと聞いているぞ」

　求馬が言った。

「おやまあ、旦那までケチをつけなさるんですかね。二人が来れば分かりますよ。五郎政さんの連れの先生が何日も居続けましてね」

「連れの先生……誰のことだ？」

　まさか酔楽のことではあるまいと、怪訝な顔で聞き返した時、若い衆二人に連れられた五郎政ともう一人の男が、部屋の中に押し込まれた。

　男は羽織を着た丸坊主で三十前後、確かに医者の格好をしているが千鶴には覚えがなかった。

「若先生、申し訳ねえ」

　五郎政は、部屋の中に入るやいなや、千鶴の前に手をついて頭を畳に付けた。

　連れの医者はというと、ぺこんと頭を下げて手を合わせた。

「ご迷惑をおかけしました」

　悪い人間ではないようにも見受けられるが、ちらと見た限りは抹香《まっこう》臭い。手の合わせ方が堂に入っている。

「すまねえことです。先生、この人は、うちの親分の家の近くにある明覚寺《みょうかくじ》のお坊さんで円海《えんかい》というお人です。へい」

五郎政が連れの男を紹介した。

「お坊さん……」

あきれ顔で千鶴が求馬と顔を見合わせると、

「詳しくお話しいたしやす……」

五郎政は、申し訳なさそうな顔で話した。

五日前のことである。

円海が五郎政を訪ねて来て、女と交わったのは忘れるほど昔のこと、寺の和《お》尚《しょう》が留守の間に、もう一度女を抱いてみたいが何かいい方法はないかと訊く。

「和尚にばれたら追い出されるんじゃないのか」

案じて言ったが、和尚は三日ほど泊まりで遠くに出かけるのだという。

「五郎政さんに迷惑はかけないよ。それだけは誓ってもいい」

円海は目の色を変えて言う。

「安くていい女がいるのなら裾継かな」

五郎政は仕方なく教えてやった。おまけに、坊主とばれるとまずいから変装して行くようにと知恵をつけてやった。更に、

「そうだ、医者の格好がいいかもしれんな。羽織を着れば医者に見える。うちの親分の羽織をちょいと借りてきてやるから、それを着ていきな」

酔楽には内緒で、五郎政は行李《こうり》から酔楽の絽《ろ》の羽織を取り出してきて、円海に貸してやったのだ。

ところが、円海はその晩帰ってこなかった。

落ち着かない気持ちで待っていると、三日目の晩になって裾継の松葉屋から使いが来た。

なんと、一両もの金を持って円海を迎えに来るようにと言うのである。

五郎政は仰天《ぎょうてん》した。そんな金を五郎政が持っている筈《はず》がない。さりとて今更酔楽にも頼めない。なにしろ酔楽の羽織を勝手に貸してやったことで、何時《いっ》ばれて叱られないかとはらはらして過ごしてきた五郎政だ。

こうなったら、とにかく店に出向いて謝って、しばらく猶予《ゆうよ》を貰おうと松葉屋にやって来たのだが、女将は容赦《ようしゃ》しなかった。

「五郎政さんだったね。いいかい、そんなお人好しの話が通る世の中だと思ってるのかね。聞けばお前さん、お医者の弟子をしているらしいじゃないか。一両ぐらいのお金、どうとでもなるでしょうに。金を払わない者は帰さない、それがうちのやり方でね。お前さんが持ってこられなかったというのなら、お前さんの先生か知り合いにでも払って貰うしかないね」

女将に散々に言われて、五郎政は円海もろとも鍵付きの納戸に押し込まれたのだというのであった。

「すまない。まことに、私が悪かった。ついつい長居をしているうちに、金が足りなくなりました。女は魔物です」

円海は肩を落としたが、泣きたいのは五郎政だ。

考え抜いた末に千鶴の所に連絡を頼んだというのであった。

「親分に頼める筈がねえ。それで若先生にお願いしたのでございます」

五郎政がまた頭を下げた。

側から女将が付け足した。

「一両二分というのは、二人の食事代も入っていますからね。けっして高いお金じゃあございませんよ」

「分かりました。お金は用だてます。でも五郎政さん、おじさまに黙っている訳にはいきませんよ」

「分かっていやす。覚悟しておりやす」

五郎政は神妙な顔で頭を下げた。

二

その帰りのこと、新大橋の袂《たもと》を過ぎて、右手に武家屋敷、左手に箱館《はこだて》の産物会所の建物がある場所にさしかかった時だった。

「やっ、なんだあれは！」

求馬が声を上げた。

前方に数人の男が蠢《うごめ》いているのが見えた。男たちは何かを囲んで、殴り蹴っているように見える。

求馬は走った。千鶴も走った。五郎政も円海もついて走った。

四人が近づくと、状況がはっきりと見えてきた。

三人の男たちが、一人の旅姿の男に飛びかかり、蹴飛ばしている。

「ぎゃ！」

旅姿の男が叫んだ。匕首《あいくち》を持った男が立ち上がった。すると別の男が旅姿の男の手から何か包みをもぎ取ったのが見えた。

「止めろ！」

求馬が叫ぶと同時に、包みを摑んでいる男に飛びついた。次の瞬間、男は二間ほどぶっ飛んだ。男の手にあった包みが転がった。

求馬はすかさずその包みを握っていた。

「何するんだ！」

別の男が叫んだ。三人の男たちは一斉に求馬を囲んだ。

「その包みをこっちへ渡しな」

匕首を握っている男が言った。若いが凶悪な顔をしている。目が糸のように細い男だった。

「番屋に突き出してもよいのか……言っておくが、お前たちの腕では俺は倒せんぞ」

求馬はちらと、ふっ飛ばされて、よろよろと立ち上がる男に視線を投げた。お前たちもああなるぞと警告したのだ。そしてぐいと前に出た。

「くっ……引き上げろ」

匕首の男が叫ぶと、男たちは、ようやく立ち上がった男の両脇を支えて、闇の中に走って行く。

「野郎、どこのどいつだ」

五郎政が腕をまくり上げて三人を追って行った。

「しっかりしなさい！」

旅姿の男に走り寄った千鶴は、ぐったりしている男に声を掛けた。

抱き上げて声を掛けるが、反応がない。

「円海さん、駕籠《かご》を……」

千鶴は、男の肩の血止めを素早く行うと、新大橋の袂に客待ちをしている辻駕籠を呼ぶように円海に言った。

「は、はい」

円海は慌てて駕籠を呼んできた。

千鶴の診療所までは、ほんのひとっ走り、だが布団に寝かした旅姿の男は気を失ったままだった。

「武士だな……田舎《いなか》から出てきたところか」

求馬が呟く。

「お道っちゃん、消毒してから縫合《ほうごう》します。急いで！」

千鶴は男の胸を開いて傷を見た。

左の胸に匕首が入ったらしく、大きく裂けていた。

「よし、俺も手伝おう」

求馬も襷《たすき》を掛けると、千鶴は手際よく傷口を消毒し、縫合し、薬を塗って包帯を巻いた。

しかし男はその間も目を開けることはなかった。

「厳しいですね」

千鶴は男の顔を、案じ顔で見た。

四角い顔の、素朴な顔立ち。着ている物も木綿《もめん》で粗末なものだった。武士とはいえ下級の暮らしをしているようだ。

しかしそんな侍が何故、あんなならず者のような男たちに襲われていたのかと、千鶴は机の上にある木綿の包みに目をやった。

「名前も、どこから来たのかも分からん。もしもの時には、しかるべき連絡もしなければならぬ」

求馬は風呂敷包みを取って来て結び目を解《ほど》いた。

中に白木の小箱が入っていた。箱の大きさは、横が八寸縦が六寸、深さが五寸ほどのもので蓋《ふた》がついている。

その蓋を包むようにのし紙がついているが、送り名も送り主の名もなかった。

求馬は、のし紙を剝《は》がしてその蓋を取った。

なんと中には、木綿の白生地を敷き、その上に包むように乗せられている奇《き》っ怪《かい》な飴色《あめいろ》の塊《かたまり》があった。

男の拳《こぶし》よりも一回り大きい、ひからびた赤黒い心の臓のような塊だった。

「これは……」

驚いて求馬が顔を上げて千鶴を見た。

千鶴も箱を引き寄せて眺めると、驚いた顔を上げた。

「熊胆《ゆうたん》だと思います」

「熊胆……熊の胆囊《たんのう》か」

「そうです。大変貴重な物です。これだけの物はなかなか手に入りません。なにしろ高くて……」

千鶴はため息をつく。

世間の相場は、熊胆一匁《もんめ》（三・七五グラム）は金一匁と言われているから、目の前にある塊は、ざっと二十両はするだろう。

いや、金の多寡《たか》より、もはやこれほどの物は、なかなか手に入らない稀少な代物だ。

「近頃はまがい物も出ています。牛や狸《たぬき》や狐《きつね》などの胆嚢も熊胆として売られていますから」

「ふーむ」

求馬は、ちらと眠っている男に目を遣った。

いったいこんな物を持ち歩いていたこの男は何者なのかと、求馬の鋭い目は訊《き》いている。

「医者が買い求めるのだって、ほんの指の先くらいですからね。ただ、これが本物かどうかは分かりませんが……」

「先生、少し見せていただいてよろしいですか」

それまで黙って話を聞いていた円海が、手を伸ばして熊胆の箱を取り上げた。

そして、ひっくり返してじっと見ていたが、

「正真正銘の熊胆かどうか、調べる方法があります」

と言うではないか。

「どうやって見分ける」

求馬が訊いた。

「やってみます。茶碗をひとつ、それに水を入れて持ってきて下さい」

お道がすぐに立って行き、碗に水を入れて持って来ると円海に渡した。

「それから小刀を拝借……」

「傷をつけてはまずいんじゃないのか」

求馬が言った。

「何、ほんの粟粒《あわつぶ》ひとつぐらいの片割れを取るだけです」

と言う。

千鶴は小刀を渡した。

円海は慎重に、ほんとうに粟粒ほどのものを切り取った。

そして皆が注視するなかで、その切り取った粟粒を碗の中に落とした。

一同固唾《かたず》を呑んでじっと見詰める。

粟粒ほどのその物は、くるくると回りながら碗の底に沈んだと思ったら、すっと溶けて消えた。

「間違いないです。これは良質の熊胆です」

円海は顔を上げると、注目している皆の顔を見渡した。

なんでも円海のいる寺の和尚は飛騨《ひだ》の出で、昔の知り合いが訪ねてきた時に、熊胆のまがい物の見分け方、また良い熊胆の見分け方をやってみせてくれたというのである。

「しかし、この熊胆がどこで獲《と》れたものか、そこまでは分かるまい」

「はい、そこまでは……」

円海は、申し訳なさそうな顔をした。

意識もなく眠っているこの男から、熊胆をどこから運んできて、どうして襲われたのか聞くしかない。

「この分じゃあ、確かめようもないな」

求馬が眠っている武士に視線を走らせてため息交じりに言ったその時、五郎政がようやく帰って来た。

「若先生、どうやらあいつらは、深川仲町の『巴屋《ともえや》』に入っていきやしたぜ」

「どうやらって、どういうことですか」

「入って行くのを見た訳じゃあねえが、追っかけて行った路地の奥で見失ったんです。ですがそこに巴屋という看板が掛かっておりやして、他に逃げようったって逃げるところがないんですから、ああここだと見当をつけたんです」

「料理屋ですか？」

「巴屋は女郎屋です。仲町は呼び出しばかりだと言われているが、そうでもねえんです。路地を入れば伏せ玉を置いて客を呼んでいる女郎屋がありやしてね。巴屋はその一つです」

さすがに五郎政は、そのあたりの事情に通じている。

「……」

千鶴は思案の目を、眠っている男に向けた。

――するとこの侍は、女郎屋に行ったということなのか……。


千鶴はその夜、看護に徹して侍の目が覚めるのを待った。

だが侍は、昏睡したままだった。

五郎政は円海と一度酔楽のところに帰って行ったが、その夜のうちに引き返して来て男の看護をしてくれたし、求馬も翌早朝には出直して来てくれた。だが、侍の容体《ようだい》が好転することはなかった。

ただ、昼前になって一度かっと目を見開いた。

「しっかり！」

千鶴が侍の顔に叫ぶと、男は両手を挙げて、

「あれを、あれを……」

必死に訴える。

「熊胆のことですね」

すると侍は小さく頷き、

「あれを、わ、渡して……」

縋《すが》る目で千鶴を見た。

「分かりました。誰に渡すのです……それとあなたの名は？」

千鶴が声を大きく掛けたが、

「わ、私の名は……」

旅姿の侍は、それで事切れた。

「もし、もし……」

大声を上げるが侍の反応はもうなかった。

「これじゃあ、さっぱり分かりゃしねえや」

五郎政が呟いた。

「ここはいったん町奉行所に届けたほうがいいな、この者の弔《とむら》いのこともある」

求馬が言った。

「不運な人……」

千鶴は布団を捲《めく》って男の襦袢《じゅばん》を合わせてやった。

そして、枕元に畳んであった着物を引き寄せ、掛けてやろうとして広げたその時、千鶴の掌《てのひら》に何かが触った。

慌てて探ってみると、それは袖の中だった。

手を差し入れて取り出すと、半紙一枚に書かれた文が入っていた。

急いで開いて、その文字を追った。

お道が千鶴の肩越しにのぞき込む。すばやく読んで、

「求馬さま……」

千鶴は文を求馬に手渡した。

求馬もさっと目を走らせると、黙って膝前に置いた。

待ちきれないように、五郎政がそれを取り上げて読んだ。

「晋造《しんぞう》さん　おふみさんは深川の巴屋にいます……なんだこれは……」

紙をひっくり返して、

「送り主の名がねえや」

五郎政は言いながら、千鶴の顔を、そして求馬の顔を見た。

「ふむ」

求馬が頷いて言った。

「おそらく、晋造というのは、この男の名だな。そしておふみというのは、この晋造が良く知る女ではないかな。その事を知っている誰かが文を晋造に送ったのだ。おふみさんは巴屋にいますよと……」

「そうですね、それで晋造さんは深川に行ったんですね」

千鶴が後を繋《つな》いだ。

晋造はそこで、おふみという女に会うことが出来たのだろうか……。会えたのか会えなかったのか分からないが、晋造にはこの態胆を誰かに渡すという大事な用もあったのだ。

その誰かが、おふみという女とかかわりがあるのかどうか、それはおふみという女に会ってみないことには分からないが……。

五郎政はむろんの事、千鶴も求馬も昨夜の情景を思い浮かべている。

このまま晋造の遺体を町方に引き渡してそれで済む訳がない。千鶴の胸には、最後の力を振り絞って縋る目を向けてきた侍の顔がちらついていた。

「任せて下さい。なに、巴屋と店の名まで分かってるんだ。殺した奴はすぐにしょっぴいてやる」

千鶴の連絡を受けてやって来た浦島は、意気込んでそう言った。

遺体は回向院《えこういん》に運ばれた。そしてすぐに浦島は猫八を連れて深川に走った。

だが二人は、その日の七ッ（午後四時）には、すごすごと帰って来たのである。

「巴屋の女将というのが、まあ鬼のような女でしてね。うちには人を殺すような若い衆はいない、おふみという女もいない、因縁《いんねん》をつけて商いの邪魔をするな。なんだったら、うちにいる女たちに訊いてみてくれ、そう言って聞く耳を持たないんです。それで女たちにも聞いてみたんですが、皆知らないと首を振る。出直しです」

浦島はそういうのだ。

「そんなことだから、また定中役に戻されたんですよ」

お道に言われて浦島たちは、すごすごと帰って行った。

「どうしますか、先生」

侍の袖の中にあった文をじっと眺めている千鶴に、お道が言った。

「放ってはおけないわね。あの人は私に訴えてこと切れたんです。これを渡してくれって……。浦島さまの弱腰にすがっていても、あの人の訴えがかなうとは思えません」

千鶴は言った。

お道は納得顔で頷いた。

──晋造さん　おふみさんは深川の巴屋にいます──

お世辞《せじ》にも達者な筆とはいえなかったが、短いその文面に、何か深い事情があるように千鶴は思っている。

「お道っちゃん、おじさまの所に行ってきます」

千鶴はその文を胸元に差し入れると立ち上がった。

三

「さあさ、みんな支度は出来たかな……出来た者は来なさい。お客が来るまでにはまだ間がある」

酔楽は、二階の部屋中に聞こえるように声を上げた。

「先生！」

来た。

化粧をし終わった女たちが、嬉々として酔楽が流連《りゅうれん》している部屋に集まって来た。

いずれも首まで真っ白けに塗り、真っ赤な口紅を引き、大きな柄の派手な着物の裾を引いている。

「はいはい、あかねはここだ。ききょうはこっち。もみじはそこに座るか……つばきとさくらはそこに座れ」

相好《そうごう》を崩した酔楽が自分を囲むように女たちを座らせた。

深川仲町の巴屋に流連して今日で五日目、千鶴に頼まれて探りに来たのだが、これ幸いと自分が家斉に調合している精力剤を試してみようと考えたのだ。

だが、毎晩飲み続けて、もみじと床を同じくするが、手を握ったまま眠りこけてしまうのがせいぜいのこと、これが将軍家の愛顧を頂戴している媚薬だとは我ながら信じられない効き目のなさで、自分が作った薬を疑いたくなるほどだ。

そこで毎日、女たちに、世の中で起きているよもやま話を面白おかしく話して聞かせることに方針を変えたのである。

これが評判で、酔楽が定刻に始めなかったら催促されるのである。巴屋の女将い、おまさも、たっぷりと心付けを握らせる酔楽を気に入ったようで、何時までもいて下さいな、なんて言うようになっている。

実際酔楽は、このように若い女に囲まれて一生暮らしたいものよと思うのであった。

なにしろいつも、むさ苦しい五郎政の顔ばかり眺めている。

それが女郎とはいえ、自分よりずっと若い女と床を同じく出来るのだ。居続ける費用も、家斉に渡す強壮剤に上乗せすればすむことだから、一日金一分の支払いも苦にはならない。

また、女将はむろんのこと女たちにとっても、うなぎを食べさせたり、菓子を差し入れたりしてくれる酔楽は、巴屋に福の神が舞い込んだような案配だ。

「先生、昨日は狐が若妻にのりうつり、妙に色っぽくなって、亭主が女房には男がいるんじゃないかと疑う話でしたよね。今日は何ですか」

さくらが訊いた。さくらの目は、客の相手をする時の目とは違って、喜びに輝いている。まるで寺子屋の子供のようだ。

「ここにいるみんなはね、子供の頃から、親が忙しくて話なんてしてもらえなかったような連中さ。本だってまともに買ってもらった事がないから、先生の話は面白くて仕方ないんだ」

年長のあかねにそう言われて、酔楽はますます張り切っているのである。

「そうだな、今日は母と娘の話だ。可哀想な話だがいい話だぞ」

酔楽がみんなの顔を見渡した。

真剣な目が酔楽の白いものが走る頭に注がれる。

「湯島《ゆしま》に岡田《おかだ》弥八郎《やはちろう》という御普請方《ごふしんかた》に勤める者がいるが、この家にはせいという一人娘がおった……」

酔楽は一同の顔を見渡した。

しんとして見詰める女、遠くでとうふ売りの声が聞こえるが、みんなその先の話を待っている。

酔楽は話し始めた。

「容姿もよく利発で、両親も可愛がっていた。特に和歌を詠《よ》むのがうまく、下谷の和歌の師匠日蓉斎《はくようさい》という御仁は、娘の和歌……いかならん　色に咲くかとあくる夜を　まつのとぼその　朝顔の花……を褒めた……」

娘は朝顔がとても好きだったのだ。

ところがこの娘、病で亡くなってしまった。両親の嘆《なげ》きは限りなく、朝夕娘を思い暮らしていたところ、娘の手文庫の中から朝顔の種を見付けた。娘は種を一色ずつ丁寧に包み、これは絞り、これはるり、などと書いて保管していたのだ。

母親はこの娘の書き付けを見て涙を流した。いまにも娘がそこにいるように思った。

早速鉢に種を蒔《ま》き、朝夕水をやった。

すると芽を出し、葉を広げて、茎も伸びたが、いつまで経っても花が咲かない。

これはどうしたことかと嘆いていると、ある日の午後、昼寝をしている母親の枕元に娘が出て来て、

「おかかさま、花が咲きました」

と言ったそうな。

母親は急いで庭に出て朝顔を見るに、ただ一輪、可愛らしい朝顔が咲いていた。

母親がその花を愛おしく眺めたことはいうまでもない。

「親というものはそういうものだ。あかねは、ここにいる女たちは、みんな親に

可愛がられたことがないような話をしていたが、親が子を愛おしむのは動物だって同じだ。きっと話をしてやりたくても、それが出来なかっただけなのだ。いいか、ここに来たことは辛いことだったに違いないが、希望をうしなっちゃあいかんな。いつかここを抜け出して、新しく出直そう……そう思うことが肝心だ」

「先生、ありがとう……」

あかねがそう言うと、皆俯《うつむ》いて涙を流した。

辛くない筈がない。もっと違った話のほうがよかったかなと思いながら、酔楽は皆の肩を一人一人撫でてやった。

その時だった。

足音がしたと思ったら、女将のおまさが顔を出した。

「おやまあ、今日も先生から話を聞いているのかい」

本当のところは、男の一人も表に出て引いてこないかと言いたいのを飲み込んで、おまさは酔楽に愛想の良い顔を向けた。

「先生、ちょいと出かけてきますから、何か御用があったら、い、い、おたきに言って下さいな。一刻ほどで戻ります」

「行ってくるが良いぞ。女たちはわしが見ていてやる。あっ、そうだ、おまさ、お前の好きな羊羹《ようかん》でも買ってくるか」

酔楽はそつなく女将のおまさに小銭を渡した。

「だんな、すみませんね」

おまさはにこりと笑って階下に降りて行った。

「ふう……」

何を言われるかと緊張していた女たちがほっとした顔でため息をつく。

格子戸を開ける音がする。乾いた下駄《げた》の音がして、おまさが出かけて行くようだ。

もみじが窓辺に寄って戸を開けて外を見た。

足音が店から遠ざかるのと同時に、もみじが戸を閉めて酔楽の側に座った。

「強つく張りの女……酔楽先生、あの女将さんは鬼のような人なんです」

すると皆が口々に言った。

「先生、私たちの話を聞いて下さい」

女たちの顔が、それまで見たこともないような怒りに彩《いろど》られている。

「よしよし、順番に話してみろ。それで気が休まるんだったら、いくらでも聞いてやるぞ」

酔楽は言った。

女たちの話は、酔楽が想像もつかないほど酷《ひど》いものだった。

女たちは江戸の近隣の村や町から集められた者だった。いずれも女衒《ぜげん》に連れられてやってきたのだが、三年の年季と証文にはある筈なのに、その期日がやって来ると、

「更に三年の年季でやって貰うよ。なにしろ、お前たちに掛けた金はまだ返してもらってないいんだからね」

おまさは一方的に言い、

「親元にここで用だてた金を取りに行かれるのが嫌だったら、ここにいる事だね」

半ば脅して、しかもどれほどの借金があるのかはっきり言わない。

それどころか、お前たちは稼ぎが悪いから家に帰れないんだ、いいかい、うちの旦那に手ほどきをしてもらいな、などと言い、女将に店をやらせている旦那の鹿蔵《しかぞう》に一人ずつ女をあてがい、無理矢理犯されたというのである。

「ちょっと待て待て、するとなにかな、ここの主《あるじ》にお前たちを順番にあてがったと

いうんだな」

皆一斉に頷いた。

酔楽の心に怒りが広がって行く。

岡場所とはいえ、店の女に主がもし手を出したりすれば死罪である。男を客にとって稼がせる女たちに主が相手を強要するのは、拒めぬ女郎にすれば強姦も同然、お上もそんな解釈に違いない。

「女将さんは旦那に頭が上がらないんだ。女将さんも昔は女郎をしていて、鹿蔵の旦那には拾って貰って、その上に店まで持たせて貰ったらしいですからね。旦那に言われりゃ一言も言い返せない。あたしたちは旦那がここに来るたびに、びくびくもんなんだ」

「ふーむ。しかしここには住んでいないようだが、どこにいるんだ、その鹿蔵という男は……」

「京橋にある口入れ屋のおやじさんさね」

あかねが言うと、さくらが後を付け足した。

「もう六十近いヒヒ爺なんだけど、妾《めかけ》は女将さんだけじゃないから、女将さんも戦々恐々《せんせんきょうきょう》、お店の売り上げが落ちたらここを追い出されるっていうんで、あたしたちに当たってるんだ」

「稼ぎが悪いって折檻《せっかん》してさ」

ききょうが、憎々しげに言った。

「折檻だけじゃない。ご飯だって食べさせてくれないんですよ、先生……病気になったって医者なんか呼んでくれやしない。体の弱い人で一人亡くなった子がいたんだけど、弔い代が勿体《もったい》ないって、女将さんが若い衆を連れてきて、どこかに運んでいっちまったんです」

つばきが言った。

するとさくらが、

「みんなで言ってたんですよ、どこかに埋められたか、海に捨ててきたのかって」

「酷い話だな」

酔楽は呟く。さくらが続けた。

「二年前までは、この仲町におとらっていう人がいて、この仲町だけでなく、深川一帯の女郎たちの悩みを聞いてくれてたんですよ。そのかわり、毎月少しずつ、上納金をおさめていたけど、おとらさんがいるお陰で女将さんのような酷いことする人はいなかったんだ。困った時にはおとらさんが助けてくれるって女郎たちにとっちゃあ、おっかさんのような人だった。だけども体調を壊したからって仲町から引っ越してしまって……それからですよ、女将さんが鬼のようになったのは……あたしたちは頼るべき人を失って泣いてるんです」

「おとらというのは、どこに引っ越したのか、分からんのか」

「猿江町《さるえちょう》って聞いています」

「猿江町か……」

「先生、あちらにもし往診なさる時には、おとらさんの様子を診てあげて下さい。あたしたちはお見舞いに行きたくても、この仲町からは出られません。近所に買い物に出るのだって若い衆の見張りがつくんですからね」

「その若い衆だが、どこにたむろしてるのだ。先ほどから話に出て来るが、この宿にはいないではないか」

「一筋むこうの路地に、ここら一帯の店からみかじめ料をとる人たちがいるんです」

「やくざか」

「まあ、そんなところだと思います。おとらさんがいなくなってからその人たちが幅を利かすようになったんですが、皆一度や二度、小伝馬町に入ったことがあるような人ばっかり……」

「そうか……」

五郎政が言っていた、旅姿の侍を襲った奴らというのも、おそらくその連中だろうと酔楽は思った。

「ひとつ思い出したが、ここにおふみという女はいなかったのかな」

「おふみちゃん……」

さくらは言って顔を曇らせ、皆と顔を見合わせた。

「居たんだな、ここに……」

酔楽は女たちの顔を見渡した。

「ここではなんと名乗っていたんだ」

みんなに聞いた。この店は女たちを花の名前で呼んでいる。

「おきくです」

ききょうが言った。

「おきくか……で、今はどこにいる？」

「先生、内緒にしておいて下さいね」

ききょうが念を押してから話した。

「おきくちゃんて子は、さっき亡くなった女のことを話したでしょ。あれを見て、これじゃあみんな殺されるってんで、女将さんに文句を言ったんですよ。もう少し人間らしく扱ってほしいって……そしたら女将が嚙みつくような顔で言ったんです。あたしに楯突《たてつ》く女はここには置いとけないねって……それで、ここよりもっと酷いところに売り飛ばされちまったんです」

「どこだね、その岡場所は……」

「入江町《いりえちょう》だと聞いています」

「……」

酔楽は驚いた。

この岡場所の女たちは、外から見ていたのでは想像もつかないような目に遭っていたらしい。

酔楽は、千鶴から見せて貰った、亡くなった侍が持参していた文の文面を思い出していた。

「何か……先生、気になることでも？」

あかねが酔楽の顔を覗く。気がつくと他の皆も、酔楽を怪訝な顔で見詰めている。

「うむ、実はな。おふみという女を捜して、晋造という男がここに来なかったかと思ってな、それでわしはここに来たのだ」

酔楽は白状した。すると、

「し、晋造さん」

一同驚いて、互いに顔を見合わせる。

「そうか、来たのだな」

「先生、これも内緒にして下さいね。良くして頂いた先生だからお話しするんですから……」

あかねが断りを入れた。酔楽が頷くと、もみじがまた窓辺に走った。戸を少し開けて外を見張る。

女将が帰って来るのを警戒しての見張りだった。

もみじがあかねに頷くと、あかねは小さいが、はっきりした声で話してくれた。

「晋造さんてお侍さん、ここに来ました。おふみちゃんを捜しに来たんです」

「よし、その時のことを詳しく話してくれるか。実はな、その晋造という男は、ここの若い衆に襲われて殺されたのだ」

「本当ですか」

女たちの顔に恐怖が走った。

「そういうことだ。話してくれ。お前たちにはけっして迷惑はかけん」

酔楽は改めてあかねの硬ばった顔を見た。

四

「おじさま、お帰りだったのですか、どうなったのかと心配していました」

お道と往診から帰って茶の間に顔を出した千鶴は、お竹の給仕で食事をしている酔楽を見てほっとした。

正直、ここ数日、酔楽に巴屋に出向いて貰ったものの、案じていたところだ。

「明日になっても帰ってこないようだったら、五郎政さんか求馬さまにでも様子を窺《うかが》いに行って貰おうかと思っていたところです」

「馬鹿な、もっと居続けたいところを帰ってきたんだ、もてでもててな」

「まっ、またそんな事を……千鶴先生、ここに帰ってきてから、ずっとその話ばっかり」

お竹が呆れ顔で言い、千鶴とお道にお茶を出した。

「このお茶、おきのさんからの差し入れです」

おきのというのは、葉茶問屋の隠居で、腰が痛いといって、ずっと桂治療院に通って来ている。

「おいしい」

一口飲んだお道がほっとした顔で微笑《ほほえ》んだ。

「それで、何か分かったんですね、おじさま」

千鶴も一服して酔楽の顔を見た。

「もちろんだ。だから引き上げて来た。つまり話はこうだ……」

酔楽は、巴屋の女たちから聞いた話を語った。

晋造なる侍は、千鶴が五郎政を迎えに行く前日、巴屋にやって来た。

手甲脚絆《てっこうきゃはん》の旅姿、おまけに手に風呂敷包みを持っている。めかして岡場所に遊びに来たというよりも、田舎からたった今やって来たという感じだった。

晋造は玄関に入って来るなり、

「ここにおふみという女がいる筈だが……」

応対に出て来た女将に訊いたのだ。

「おふみですか……」

女将は晋造の映えない姿を、じろりと見渡すと、

「旦那、こんな玄関口で不躾《ぶしつけ》にお尋ねとは、田舎の方はこれだからね。勘弁して下さいよ。訊きたいことがあるのなら、店に上がって、そうでしょう……さあさ、上がって下さいな。上がって女たちを確かめて下さいな。本当の名を言ってここにいる女はいませんからね。おふみという女がいるかどうか、玄関口で聞かれても、答えようがございません。自分で確かめて下さい」

女将は因果をふくめて晋造を上げたのだった。

だが、おふみは既に、余所《よそ》にやられているからここに居る筈もない。

相方になったあかねに、晋造はおふみが巴屋にいるという文を見せて訊き、ようやく巴屋にはいない事を知ったのだった。

文は誰が出したのか、あかねには分からなかったが、

「こんなものを女将さんに見せちゃ駄目よ」

晋造に念を押した。

女将があとでどんな手を使って、みんなに濡《ぬ》れ衣《ぎぬ》を着せ、折檻するか知れたも

のじゃない。

そのかわりあかねは、おふみは事情があって余所に移ったんだと教えてやった。もちろん女将の怒りを買って売り飛ばされたなどと言う訳がない。

晋造はひどく落胆したようだった。

あかねたちは、おふみの事は口外しないように女将から厳しく言われていたのだが、目の前の晋造の落胆ぶりを見て、伝えて良かったと思う反面、気の毒に思った。

「きっと、おふみちゃんのいい人に違いない、あたしはそう思ったんですよ、先生」

話の途中で、あかねはそう酔楽に言った。

「それで晋造は、あかねに言ったそうだ。自分はおふみをなんとかしてやりたいと江戸に出て来た。この品をさるお方にお届けすれば、多少のお金も貰える。その金をおふみに渡してやろうと考えていたのだとな」

そこであかねは晋造に訊いてみた。

「その箱の物は何なんですか」

「熊胆だ、極上のね」

晋造は、この時、ちょっと得意げな顔をした。

すると、その時だった。

丁度女将が、盆に酒を乗せて自ら様子を見にきたのだ。そして熊胆という言葉を聞きつけたらしい。

戸を開けて入って来ると、

「旦那、その熊胆、少しあたしに譲ってくれませんか」

真剣な顔で晋造の前に座った。

だが晋造は断った。

自分はこれをお渡しするために江戸に出て来た。その役目を果たせなかったら首が飛ぶと──。

ところが女将のおまさは、どうしても欲しいのだと引き下がらない。

ほんの親指くらい削ったって、分からないんだからなどと言い、ついには若い衆を連れてきて、納戸に晋造を押し込めてしまった。

おまさの旦那の鹿蔵が、近頃具合が悪くて熊胆のいいものを探していたのだという事だった。

しかし晋造は、どんなに言われても首を縦に振らなかったのだ。

そして翌日の夜、晋造は厠《かわや》に行きたいと見張りの者に頼み、隙を見て逃げ出したのだった。

「千鶴、それがあの晩の出来事だったということだ」

話し終えた酔楽はそう言うと、膳の上に乗っている酒を飲んだ。

「ありがとう、おじさま」

千鶴は礼を述べた。

「何、いいのだ、良い思いをさせてもらった。今度ばかりは、堂々と岡場所に行けたんだからな、はっはっ。そうだ、あの文を書いた者だが、女たちには心当たりがないようだった。ひょっとしておとらさんかな、などと言う者もいたがな」

「おとらさんというと」

「そうだ、先に話した女だ」

「……」

千鶴の脳裏に、またあの文の文言が浮かんできた。

――晋造さん　おふみさんは深川の巴屋にいます――

翌日千鶴は、五郎政を連れて入江町に向かった。

入江町はその昔、葭沼《よしぬま》に入り江の堀があったことから、そう呼ばれてきたようだが、横川《よこかわ》の西河岸にあたる地帯で、北辻橋《きたつじばし》と北中の橋の間にある。

町内は間口九十八間強、奥行き二十間だが、ここには深川一帯に時を知らせる鐘撞堂《かねつきどう》がある。

女郎屋は、この鐘撞堂の下にあった。ここら一帯の女郎の相場は、六百文から二百文まであるようだが、おふみがいた『弁天屋《べんてんや》』というのは、辺りでは安女郎宿として知られていた。

おとないを入れると、丸くぽっちゃりした女将が出て来た。

「おふみさんという人に会いたいのですが、もちろんお代はお支払いしますから」

先手を打って、ひとときの金は払うと断りを入れた。

すると女将は、快く承諾してくれて、二階のおふみの部屋に案内してくれた。この宿の相場は四百文だと聞いていたから、扱いはどうかと案じていたが、女将はこういう宿には珍しく情のある人のように見受けられた。

「お玉《たま》ちゃん、お客さんだよ」

女将は戸を開けて千鶴に中へ入るように勧めた。ここではおふみは、お玉と呼ばれているらしい。

千鶴は念を押した。

「仲町の巴屋にいた、おふみさんでしょうか」

「ええ、そうですが……」

お玉はちゃんと正座して頷いた。怪訝な目を千鶴に向けたが、可愛らしい顔立ちの女だった。

千鶴と同じ年頃のように見えた。丸顔で色が白く、目は黒目がちで、勝ち気な感じがする。

女郎の暮らしを守ろうとして、一人でおまさという女将に立ち向かったという片鱗《へんりん》が忍ばれた。

「私は医者で桂千鶴といいます」

千鶴は名乗ると持参した文を出しておふみの前に滑らせた。

「これは……」

おふみが千鶴の顔を見た。

「晋造さんが持っていたものです」

「晋造さんが！」

おふみは動揺した顔で文を取り上げて目を走らせた。

「あなたが出したのですか」

「いいえ、たぶんこの筆の手は、おとらさんかと……辛い時につい昔の話を聞いてもらったことがありましたから……でもどうしてこれを、先生が……」

「おふみさん、驚かないで聞いて下さいね」

千鶴はそう言ってから、晋造が襲われて亡くなった一部始終を話してやった。

「晋造さんが……亡くなった……」

おふみは、文を膝の上に乗せてじっと見詰めた。身動きもせず長い間そうしていたが、大きく息をつくと顔を上げて言った。

「晋造さんの遺体はどうなっているのでしょうか」

「回向院に葬《ほうむ》りやした。遺髪《いはつ》はこちらの先生が預かっています」

五郎政が気の毒そうな顔で言う。

「晋造さんが奪われそうになった熊胆も、まだ私の所にあります。実は私、この手で晋造さんを看取りました。それで晋造さんのことをいろいろ聞きたくて……」

千鶴が言った。すると、

「お願いがあります。晋造さんの遺髪をおっかさんのいる飛騨高山《たかやま》に届けるよう手配をお願い致します」

と言うではないか。

「飛騨高山……晋造さんは高山の出だったのですか」

「はい、私もそうです。高山の者です」

おふみは言った。

飛騨高山は確か五万石余の代官所である。今は郡代《ぐんだい》が治めているが、おふみも晋造も百姓の子、幼なじみだった。

代官所は山ばかりの地にあり、米はあまり作れない。百姓といっても田畑を耕すばかりでは暮らせない。木の伐採に携《たずさ》わることで食を繋いだ。

とはいえ主食は雑穀《ざっこく》が多く、それに善太《ぜんだ》いも（じゃがいも）を食べて暮らす日々だった。

才のある者は代官のお役所である陣屋の役人になるのが夢だった。

高山陣屋には、郡代が江戸から連れてくる役人が二十名近くいたが、それとは別に、地役人と呼ばれる者たちを、五十名近く雇っていたのだ。

その者たちは、商家の次男三男だったり、百姓の倅《せがれ》だったり、もともとの武士はいない。

それでも食い扶持《ぶち》を貰える地役人は、晋造たち百姓にとっては夢の職だったのだ。

十八歳で晋造は試験を受けて地役人に採用された。

その時、おふみに報告に来た晋造は、

「俺の嫁になってくれ、約束だぞ」

そう言って帰って行った。

おふみも夢のような心地だった。

立派にお役人になれば一緒になれると思っていたのに、おふみの父親が山で伐採した木の下敷きになって亡くなってから、おふみと母親の暮らしは一変したのだ。

働き過ぎた母親が一年後に他界すると、おふみはそれまで村に借りていた金を返すために、女衒を頼ったのである。

「晋造さんには告げずにお江戸にやってきました。会えば辛い、いっそ死んでしまおうかと考えましたが、それでは義理が立ちません。村は私たちが困っていた時に助けてくれたんです。村にお金を返さなければ……貧しい村ですから……そう考えて決心を固め、晋造さんには黙って出てきたんです」

その件《くだり》を話すおふみの声は震えていた。

「おふみさん……」

千鶴は、膝の上で拳を作っているおふみの手を握った。何も出来ないけれど、おふみに寄り添ってやりたかった。

「だけど晋造さんは、あんたの事を忘れなかった。あんたを助けたいと思って江戸にやって来たんだ。大切な御用を、熊胆を届けるという御用を担っていたのに、一刻も早くあんたに会いてえと思ったんだろうな、それでこんな事になったんで」

五郎政も、思い出しても悔しい。

「私が深川にいなければ晋造さんは命を落とすことはなかったのに、私のせいで……晋造さんのおっかさんが聞いたらどんなに悲しむか……母一人子一人なんです」

「おふみさんのせいじゃねえや、熊胆のせいだ。熊胆さえ持ってなけりゃあ、殺されることはなかったんだ」

「私が死ねばよかったのに……」

おふみはぽつりと言った。

「何馬鹿なことを言ってるの。晋造さんはきっとこう願っていますよ。自分の分まで強く生きて、この岡場所を出ていく日の来ることを……」

「……」

「もしそうなったら、晋造さんが葬られた回向院に線香をたむけてあげて下さい。私も一緒に参りますよ」

千鶴はおふみの手をぎゅっと握って顔を覗いた。

おふみは、弱々しく頷いた。

心ここにあらずというのか、呆然《ぼうぜん》として何も考えられなくなったのではないか、千鶴はおふみを案じながら帰って来た。

翌日八ツ（午後二時）過ぎ、千鶴は求馬と裏神保小路《うらじんぼうこうじ》を歩いていた。

飛騨高山の郡代、芝原友直《しばはらともなお》の屋敷を訪ねるためだ。

「確か、柿の木が塀から見えると言っていたが……」

求馬が塀からこぼれ出た柿の実を見付け、懐から切り絵図を出して確かめた。

「やっぱりここだな」

二人はおとないを入れた。

門番が出て来て用向きを尋ねる。

主は飛騨の陣屋敷にいるが、留守宅にも配下の者がいて事務を行っている。

それに、郡代代官は勘定奉行が上役となり、年貢の徴収その他、勘定奉行との連絡をとらねばならない。留守宅はその役目を担っているから、熊胆を持参した千鶴たちをすぐに屋敷の中に入れてくれた。

書院に通されて待っていると、

「手付《てつけ》の岡村甚之助《おかむらじんのすけ》と申す」

体格の良い男が部屋に入って来て名乗った。

甚之助は、ちらりと千鶴を見る。千鶴に興味をもったようだ。

医者だと名乗ると一層驚いた様子だった。

「用件をお聞きする」

四角張った言い方をするが、その目は千鶴をとらえている。

「これを見ていただきたい」

求馬が持参した熊胆の包みと、半紙の上に乗せた晋造の遺髪と筆や旅中の日記、かみそり、紙入れ、財布など、並べて置いた。

「な、なんだこれは」

「この遺髪は晋造という高山陣屋の地役人のものです。こちらの風呂敷の包みの中は、飛騨で獲れた熊胆」

「何……」

甚之助は、慌てて包みを開け、箱の蓋を取る。中味を確かめて驚いた顔を求馬に向けた。

いったいどういう事なのかと、その目は訊いていた。

「十日前、新大橋の袂で旅侍が襲われたが、その者は晋造と分かった。この箱は晋造が大事に持っておったものだ」

「晋造ですな」

甚之助は念を押すと、少し待っていてくれといい、皆のいる役務室に行き、急いで戻って来た。

「確かに晋造は地役人として採用しておる。で、その晋造は……」

甚之助は捜すような目を書院の外に泳がせた。

「晋造さんは襲われた時の傷が深く、亡くなられました」

千鶴が告げると、

「亡くなった……」

甚之助は驚いた顔で訊いた。

「はい、偶然私たちが賊に襲われているところに通りかかりまして、私の治療院に連れて帰りまして手当てを致しましたが、傷が深く亡くなられました……」

千鶴はその後知り得たいっさいの話を告げた。

千鶴は晋造が、女を捜しに深川に行ったことも告げた。本来なら寄り道せずに真っ直ぐ役宅に熊胆を届けるべきだ。しかしなぜそうなったのかも正直に話した。晋造が捜していた女は故郷で夫婦を誓ったおふみという人で、今は苦界に身を沈めている。江戸に出てきた晋造がまっ先におふみの安否を確めたいと思ったとしても咎めることができない筈だと、千鶴は告げた。その上で、晋造が熊胆を守るために納戸に閉じ込められても相手に屈しなかったこと、やっと抜け出して襲われた時も、最後まで命を張って熊胆を守ろうとしたこと、そして死に臨んでは千鶴に熊胆を託して亡くなったことなども話した。

「そうか、命を懸けてこれをな……」

黒光りする熊胆を甚之助はじっと見詰めた。そして、

「造作をおかけした。実は陣屋から近々熊胆を届けるという連絡は貰っていたの

です。さるお方が熊胆をご所望で、それで高山の方には以前から連絡してあったのです。陣屋からの連絡を貰ってからずいぶんたちますから、少し遅いなと思っていたところでした」

「聞いたところでは、晋造さんは母親と二人暮らしだったとか、どうかこの遺髪は、母親の手に確かに渡るよう高山に送って頂けませんでしょうか」

千鶴は甚之助の目をとらえて言った。

「むろんです」

甚之助は頷いた。

「それでは……」

玄関まで見送ってくれた甚之助に礼を述べて千鶴は背を向けた。だが、

「先生、千鶴先生」

甚之助が呼び止めた。

千鶴が振り返ると、

「先生に往診を頼めば来て頂けますか」

真剣な顔でいう。

「どなたか具合が悪いのですか」

「いえ、今後具合が悪い者が出た時には、という意味です」

「はい、喜んで……」

にこりと千鶴は返して、郡代の屋敷を後にした。

「けしからんな」

ぽつりと求馬が呟いた。

「なんですか、何がけしからんのですか」

「あの男だ」

求馬は立ち止まって屋敷の門を振り返った。

「岡村さまのこと？」

「断れば良かったのだ。ずっと千鶴殿を意識しておったではないか。人ひとりの命の顚末《てんまつ》を報《しら》せているというのに、けしからんよ」

「求馬さまの気のせいです」

「俺の目は確かだ」

求馬はすたすたと先に歩いて行く。

「求馬さま！」

千鶴はくすりと笑って追いかけた。

五

「へえ、そうですかい……この男の言う事には、侍を刺した連中はここに入ったと言うんだがな」

猫八は腰を下ろしている上がり框《かまち》から、顔を動かして店の奥を覗いた。暖簾《のれん》の奥に白く塗った足が見えたが、慌てて引っ込めるのが見えた。

目の前にいる女将のおまさは、話を聞いているのかいないのか、面倒くさそうな顔で横を向いている。勝手に言っとくれ、そんな感じである。

猫八の側には五郎政がいて、五郎政もおまさを睨んでいるのだが、このおまさ、全く動じない。

岡っ引なんぞの言うことなど馬耳東風《ばじとうふう》、まともに顔を合わせるのも面倒だ、そんな気配なのだ。

おまさの顔の彫りは深く、心根が綺麗なら美人顔といえなくもないが、親の躾《しつけ》が悪かったのか、はたまた来《こ》し方《かた》がそうさせたのか、人を食ったような態度である。

色の黒いのも手伝って、根性曲がりの我の強い女だとひと目で分かった。着ている小袖は岡場所の女将にしては贅沢《ぜいたく》なものだが、身にまとった品性の悪さは女の魅力とはほど遠いものだ。

「ふん」

そのおまさ、ちらと五郎政を睨むと言った。

「迷惑なことじゃないか、兄さんのお陰で濡れ衣着せられてさ……いい加減なこと言わないでおくれな。岡場所の者だと思ってみくびってんじゃないのかい、あたしを誰だと思ってるんだい」

「巴屋の女将だろ。後ろ盾がいるらしいが、そんな事で奉行所が探索を止めると思ったら大間違いだ」

「ただの男じゃないんだ、うちの旦那はね、仕事柄、ずいぶん偉い人のお屋敷にも出入りしている。あんまりあたしに酷いことをすると、おまえさんたちの方が小伝馬町に送られちまうが、それでもいいのかい」

「鹿蔵だったな、口入れ屋をやってるらしいな」

「そうさ、お武家ばかりに出入りしてさ」

「たとえそうでも、世迷《よま》い言《ごと》は言わねえほうがいいぜ。こんどの一件は殺しだ。

しかも相手は郡代さまの手下だったのだ。言い訳はきかねえ」

五郎政は睨み返す。

「そんな脅しに乗るもんか」

「だから女将、正直に話してくれりゃあそれでいいんだ。いいかい、いくらシラを切ったって、亡くなった侍は、ここに来たことは間違いねえんだ。そのことだけは分かってるんだ」

猫八が畳みかける。だがおまさは、

「忙しくて昨日のことも覚えちゃいないよ。第一うちに遊びに来るお客は何人いると思ってんだい」

「おふみという女を捜しにここに来たんだ、覚えがあるだろ？……晋造という男だ」

猫八は十手を出し、床を叩いた。

たいていの者は、この十手を見るとぎょっとするものだが、おまさはせせら笑った。

「おふみなんて、ここにはいないよ、それはこの間もはっきり言った筈じゃないか」

「そうだ、ここにはもういない、おまえさんが余所にやったんだ」

「なんだって……」

　おまさの顔色が変わった。

「そんな事情は何も知らずに侍はここに来たんだが、結局いないことが分かって帰ろうとした、ところが女将が納戸に押し込めたんだ」

「ははははは、女の私が力のある若い男をどうやって閉じ込めるんだい……馬鹿な話は止しとくれ」

「いや、力のいる事は、お侍を追っかけた時と同じように、若い衆に頼めばいいんだ。そういうならず者がいるんだろ」

「ちょいと親分、いい加減にしておくれ。もう帰っとくれ、こっちは忙しいんだ！」

　おまさは、とうとう怒りも露わに立ち上がった。

「ふん」

　長い裾を足で派手に蹴り回すと、背を向けて奥に向かった。

「待ちな！」

　五郎政が険しい声を掛けた。

おまさは立ち止まったが、振り向かなかった。

その背に、五郎政は言い放った。

「あの侍から熊胆を奪うつもりで襲ったのを見たのは俺なんだぜ。俺は傷ついた侍を連れて帰って手当てまでしてやったんだ。言っとくけど、女将、どうシラを切ったところで、いずれ後ろに手が回るぜ」

すると、おまさが突然くるりと振り向いた。

鬼のような形相《ぎょうそう》で睨んでいる。

「誰か！……塩持ってきておくれ！」

金切り声で奥に叫んだ。

「出直して来たほうがよさそうだな」

五郎政は言い、猫八と頷き合って巴屋の外に出た。

「とんでもねえ女だな」

表に出た五郎政は呟くと、振り返って巴屋を見た。

すると、二階から覗いている女郎が見えた。じっと見ている。

猫八の袖を引っ張ると、猫八も二階を見ていたようで、

「何か言いたそうだが、出直そう。五郎政、もう一軒つきあってくれ」

そう言って歩き出した。

「若い衆のたまり場だな」

「そうだ、お前の目で見てくれ。あの晩お侍を襲った男がいるかどうか」

「合点だ」

「そっちを押さえれば、あんなばばあに文句は言わせねえ」

猫八は、忌々《いまいま》しく言って、もう一度巴屋を振り返った。

「さあ、誰があの侍のことを言ったか、正直にお言い」

おまさは、女たちを集めると、恐ろしい顔で睨んだ。

あかねもきょうも、他の女たちも一ヶ所に集められて、しかもおまさの側には三人の若い衆が突っ立って見ている。晋造を襲ったあの三人だった。

町奉行所が動き出したという情報を得て、しばらく江戸を離れることにしたとおまさに報告に来ていたのだ。むろんその費用はおまさに出してもらいたい、そういう話だった。

三人は、五郎政と猫八が来ていた時から店の中にいて、話をずっと聞いていた。いよいよ岡っ引まで動き出したのかと、おまさ同様、晋造の一件が漏れたのは女たちから疑いを持ち、容赦のない目で睨み据えているのである。

おまさは、手に竹の根っこの鞭《むち》を握っていた。いつも折檻する時に使う道具で、女たちは恐怖におののいている。

「ここにいる誰かが漏らさなきゃ岡っ引が知る筈がないんだ。誰だい、前に出ろって言ってるだろ」

鞭でばしりと畳を叩く。

びくっとして震える女たち。

「ろくな稼ぎもしないくせに言えないというのなら、分かった、順番にこの鞭で打ってやろうじゃないか」

「女将さん！」

あかねが叫んで前に出た。

「あたしたち、本当に知らないことです。折檻するのは止めて下さい」

「年長のお前がそんな事だから、あんな岡っ引が来るんじゃないか。ええい！」

おまさは、あかねの肩に鞭を振り下ろした。

「あっ」

叫び声を上げてあかねが肩に手を遣った。

「あかねさん！」

女たちがあかねを囲んで、おまさを睨んだ。

「ええい、ええい」

おまさは手当たり次第に二、三発鞭を打ったが、

「売り物にならなくなるぜ、女将さん」

男の言葉で、歯ぎしりしながら女たちを睨み据え、そして階下に下りて行った。

男三人も女将に続いて出て行った。

おまさは階段を下りながら、女たちのいる部屋に毒づいた。

「みんな食事抜きだ、いいね」

「あかねさん……」

女たちは手を握り合って泣いた。

ききょうが言った。

「もう嫌だ。許せない。あかねさん、やろうよ。決心しようよ」

ききょうの頬には鞭の跡が紫色になって膨らんでいる。

するとさくらが言った。

「ここにいたら殺されちまう。女将さんはあたしたちのこと、人とは思っちゃいないんだ」

さくらの白い手にも、鞭の跡が膨れあがっていた。

「そうだよ、ここで殺されるくらいなら、いっそ罪人となって死んだ方がましだよ」

つばきは泣きだした。

「みんな一緒に……生きる時も死ぬ時も一緒……そう言って暮らしてきたじゃない」

ききょうが皆の顔を見回して言う。

「そうね、ここを抜け出せたら、おっかさんにも会える、好きな人にも会いに行ける」

もみじが言った。遠くに淡い灯火《ともしび》を見たような、かすかな希望が滲《にじ》んだ声だった。

もみじには病んだ母親が深大寺《じんだいじ》近くで暮らしていた。好きな男も村にいて、まだ女房を貰っていないことだけは知っている。ひと目会いたかった。

「あたしは一発殴りたい男がいる。それが心残りだったけど、やっと叶《かな》う」

ききょうは言った。自分を捨てて他の女に走った男のことを言っている。

「あたしは、遠くに遠くに逃げるよ、西国にね。そしてあたしの昔を知らない人たちの中で、人生やり直すんだ」

そう言ったのはさくらだった。

「あたしは一度でいい、腹一杯、おいしいものを手当たり次第に食べてみたい、それが夢だね」

つばきが言う。

黙って聞いていたあかねが、決心した顔でみんなの顔を見渡した。

「みんな、へたをすれば命を落とすかもしれない、それでもいいの……」

女たちは、号令を掛けられたように、いっせいにこっくりと頷いた。

「あかねさん、失敗なんてないよ。あの三人は今夜のうちにいなくなるんだよ。女将さんを手助けする者はもういないんだから……」

ききょうがあかねを促すように言った。

「分かった、やろう」

あかねは言った。

女たちは改めて手を重ねた。しっかりと握り合った。その目には、決心に満ちた光が宿っていた。

六

「火の用心……火の用心」

亥《い》の刻（午後十時）、決まって廻る火の用心が、拍子木《ひょうしぎ》を打ちながら巴屋の前を過ぎて行く。

「起きてよ、兄さん、今日は泊まりは駄目なんだから」

ききょうは、眠りこけている男の体を揺り動かした。

「あっ、すまねえ。つい、眠りこけちまった」

男は慌てて起き上がると、脱ぎ捨ててあった着物を引っ掛け、

「じゃあな、余所の男に本気になるんじゃねえぞ」

ききょうに、冗談とも本気ともつかぬ言葉を掛けると、部屋の外に出た。

どの部屋も、しんと静まり返っている。

「気をつけてね」

ききょうも一緒に階下に下りて、玄関の戸を音をたてないように開け、名残惜

しそうに男を送り出した。

よし、という顔で足音を忍ばせて二階に上がって行く。

すると、あかねの部屋に灯がともった。

ききょうが入り、

「帰りました。これでもう私たちしかいないわ」

集まっているみんなに頷いた。

女たちは今日、客はとったが、泊まりは断っていた。

深夜、寝静まるのを待って、計画を決行するためだ。

あかねは、皆の顔を見渡して言った。

「持って出るのは身の回りのものだけよ。ここを出たら、亥口橋に走るんだ。いいね、手はず通りだよ」

皆で頷き合うと、「戸を開けて廊下に出た。音を立てないように階段を下りると、あかねとききょうとつばきは、女将のおまさの部屋に走った。手にはしごきを握っている。

そして、もみじとさくらは、帳場に走った。

「それ」

あかねの合図で、ききょうとつばきは、おまさをたたき起こした。

「うわっ」

おまさは寝呆けまなこでキョロキョロしたが、自分を起こした相手が、女郎たちだと知って、

「何やってんだ……」

叫ぼうとしたが、口を塞がれ、あっという間に、しごきでぐるぐる巻きにされて転がされた。

「うう、ううう」

怨《うら》みの目で女たちを見上げたが、どうすることも出来ない。

「悪く思わないで下さい、女将さん。こうなったのも、女将さんのせいですからね」

あかねが言った。するとすぐにききょうが、吐き捨てるように毒づいた。

「鞭で打たれないだけでも有り難いと思いな」

その間に、もみじとさくらは帳場の引き出しから証文を取り出していた。

年季証文といって、この紙一枚で女郎たちは巴屋に繋がれてきたのである。

その証文を焼き捨てる。それが巴屋を出る前に、やらなければならない仕事だ

った。

もみじとさくらは、台所の竈《かまど》に証文を持って行って火をつけた。

証文が燃え上がるのを確かめてから、五人の女たちは外に出た。

だが出た所で、例の三人の男に行く手を阻《はば》まれる。

凍りついた女たちに、男の一人が言った。

「女将に頼まれて、今夜だけ様子を見ていたんだ。入れ、逃がさねえぞ」

するとそこに、猫八と五郎政が走って来た。

「そこの三人、一緒に来てもらおうか」

猫八は十手で三人をぐっと差した。

「ちくしょう、ずらかるぜ！」

先の男が叫ぶと、三人は匕首を抜き、

「退《ど》け！」

手前にいた女に斬りつけた。

「きゃ」

蹲《うずくま》ったのはもみじだった。

「何しやがる」

五郎政が男たちに飛び掛かろうとしたが、三人は身をひるがえして薄闇の中に走り去った。

「待ちやがれ」

猫八が追った。

「大丈夫か」

もみじに駆け寄った五郎政のむこう、巴屋に白い煙が立ち上る。

「火付けだ、たっ、助けて、火事だ！」

後ろ手に縛られた女将のおまさが外に走り出て来た。

「あかねさん、どうする！」

おろおろするききょうに、

「いいから、逃げよう。今逃げなきゃ一生逃げられないよ」

あかねが、蹲っているもみじを抱えて立ち上がる。

「お前さんたちは逃げろ、火は俺が消す」

五郎政は巴屋に駆け込んで行く。

半鐘《はんしょう》が激しく鳴る。

騒然となった街の角を、女たちは亥ロ橋に走って行く。

家々から人々が出て来る。

町は喧騒に包まれていった。


千鶴は何度も寝返りを打っていた。なぜか眠れなかった。

晋造が亡くなったことで町方が動き始めた。

おそらく郡代の留守宅からの要請もあったのだろうと考えられるが、浦島の話では、町奉行から即刻探索せよとひそかに定中役にもお達しがあったという。

それで猫八が、五郎政に協力を頼んで深川に向かったのだが、どうなっているのやら、五郎政も顔をまだ見せてはいない。

胸騒ぎがしている。酔楽から聞いた巴屋の話では、女たちへの扱いは最悪の店だ。猫八が深く踏み込んだことで、また何か新しい事件が起こったのではないか、そんな予感もする。

千鶴と同じ不安は、夕刻立ち寄ってくれた求馬の言葉にもあった。

求馬は、京橋の口入れ屋で鹿蔵の店を探ってきている。

偽名を使って浪人の振りをして、仕事を頼んでみたのだが、鹿蔵は想像していた通り、胡散臭《うさんくさ》い感じがぷんぷんする男だった。

出入りの帳屋の手代に鹿蔵の昔を聞いてみたが、知らないということだった。

ただ、中間《ちゅうげん》や人足を、幕閣にいる大名や旗本の屋敷にも斡旋《あっせん》しているようで、底知れない威勢を感じる人だと言っていたという。

大名旗本の屋敷に出入りしている事を笠に着て、幅をきかせ、無理を通す人だという。

おまさという女は、その鹿蔵の妾なのだ。

確たる証拠を握ればいいが、そこに行き着くまでに、どんな手を使ってくるかわからない。

しらじらと夜が明けてくるのを待つしかないと思い始めたその時、

「先生、起きていらっしゃいますか」

お竹の声がした。

「どうしました」

体を起こすと、手燭《てしょく》を持ったお竹が入って来た。

「五郎政さんから使いが来ました。今表で待ってもらっているのですが、傷の手当てをしてほしい、急いで先生に来てほしいって」

「分かりました、お道っちゃんを起こして下さい」

千鶴は急いで着物を着、袴をつけて玄関に向かった。玄関には十四、五歳の少年が待っていた。

「先生ですか、ご案内します」

「あなたは……」

「はい、おとらさんと暮らしている者です。望《のぞみ》といいます」

「おとらさんて、五郎政さんは、おとらさんのところにいるのですか」

「はい、巴屋のみなさんもいます」

「巴屋の……」

「はい、みなさんおとらさんを頼りに逃げてきたんです」

「まあ、それで、怪我人がいるんですね」

「はい、五郎政さんが血を止めましたが、先生の手当てが必要だって」

そこへ、支度をしたお道が、往診の箱を抱えて出てきた。

「あっ、私が持ちます」

若い男は、お道の手から箱を受け取った。

「先生、おにぎりと、お茶の入った水筒です」

お竹が台所から走って来た。

「参りましょう」

千鶴は、お道と若い男を従えて、診療所を出た。

夜は明け始めていた。

人通りはまだなかった。両国橋《りょうごくばし》の上にも人はいなかった。渡りきると冷たい霧が肌を濡らし、ひんやりとして秋も半ばになったのを実感した。

黙々と歩いて猿江町に入った時には、薄日があたり一面に射し、急ぎ足で仕事に向かう職人や奉公人の姿があった。

若い男は大通りから路地の中に案内していく。突き当たりに、古いが一軒の仕舞屋《しもたや》が建っていた。若い男はその家の前で立ち止まった。

「こちらです」

格子戸を開けて小さな庭に踏み込み、十歩ほど歩いて玄関の戸の前で若い男は声を上げた。

「わたしです。望です。開けてください」

すると戸ががらりと開いて、煤《すす》けた顔の五郎政が顔を出した。

「五郎政さん、その顔……」

お道が目をぐるりと回して五郎政の顔を見た。顔だけではなく、着ているものもすすと炭でまっ黒に汚れている。

「火事場に入っていたんです。詳しい話はあとでします。先生、怪我人を先にお願いしやす」

千鶴とお道は急いで上に上がった。

「望、表の通りで見張っててくれ。変な奴を見たら教えてくれ」

五郎政は若い男に頼むと、千鶴を奥の部屋に案内した。

「みんな、この方が千鶴先生だ」

ひとところに集まっている女たちに言った。その横には四十半ばか五十前くらいの女がいた。それがおとらだった。

「もみじ、良かったね、腕のいい先生が来て下さったよ」

あかねが横になっている女に言った。逃げる寸前に三人の男の一人に匕首で斬りつけられたもみじだった。

「すみません、あたし、一文無しで……」

もみじは小さな声で言った。

「よけいな心配はいらないよ」

もみじに言ったのは、おとらだった。そして千鶴に言った。

「先生、お金ならあります。治してやって下さい」

「診てみましょう」

千鶴はもみじの側に座ると、もみじの胸をはだけた。傷は肩口だった。白い肌が赤い血で染まっている。

「血止めはしたんですが、傷口が大きくて」

五郎政が千鶴の肩越しに言う。五郎政も酔楽のもとで、応急の手当ぐらいは覚えたらしい。

「急所は外れているようです。これなら縫合すれば大丈夫」

千鶴はほっとして言った。

晋造を治療したものの、死なせてしまってから落ち込んでいた。誰にも言えず悩んでいた。今度の傷は、なんとかなりそうだと思った。

千鶴は落ち着いた顔でもみじに声を掛けた。

「痛くても我慢して下さいね」

「がんばれ」

「大丈夫だよ、もみじ」

側から励ます女たちの顔や腕にも、血の滲んだ傷がある。

「皆さん、両腕、両足を押さえつけて下さい」

千鶴は女たちを促した。

七

「それじゃあね、消化の良いものを食べて様子を見て下さい」

千鶴は初老の女を診療室から送り出すと、

「お竹さん、次の方を呼んで下さい」

薬研《やげん》を使っているお竹に言った。

「先生、もうおしまい、おしげさんで終わりです」

おしげというのは今出て行った初老の女のこと、もみじを治療して急いで戻って来て診察を始めたのだが、それもようやく終わったようだ。

「お食事にしますね、先生」

お竹が前垂れで手を拭いながら立ち上がる。

「やっぱりお道っちゃんがいないとたいへんね」

千鶴は言った。

お道はおとらの家に残してきた。もみじの容体を今日一日看るためだった。

千鶴も立ち上がった。大きく背伸びをして深呼吸をし、腕を回した。

頭の中には、もみじの傷のことがある。傷は思ったより浅く、縫合はうまくいったはずだと思っている。

あとは抜糸を待つだけだが、それまではやはり安静が必要だ。

それと……千鶴はおとらの咳が気になっていた。診察をする間もなくこちらに戻ったが、一度詳しく診察したほうがいいなと考えていた。

身を挺《てい》して女郎たちを守ってやろうとするおとらには、元気でいてもらわなくてはならない。

この度のことも、おとらがいなくては、巴屋の女たちは決行出来なかったに違いない。

おとらのところに行けばなんとか助けて貰える。女たちはそう思ったと熱に浮かされたように千鶴に話したが、足抜け同然の女たちを翼の下に抱えたおとらの立場はどうなるかと案じている。

もみじは別として、あとの女たちは明日にもおとらの家を出て、それぞれ帰るべき所に帰るだろうから、今日一日無事に終えれば一段落だ。

食事を終えたら、もう一度猿江町に行ってみるかと、茶の間に向かおうとしたその時、

「た、たいへんなことになりやした」

五郎政が飛び込んで来た。

「千鶴先生、女たちが火付けの疑いで捕まりました」

「なんですって」

まさかとは思ったが、

「失火じゃないんですか……あの人たちが火付けをしたなんてことはないでしょう」

「そうなんですが、どうやら女将のおまさが、火付盗賊改に訴えたようでして」

「では板倉さまが……」

千鶴は絶句した。

「そうです。板倉さまの配下の者たちがやってきまして、あっしもおとらさんも、火付けなんてする訳ないと女たちを庇《かば》ったんですが、結局みんな連れていかれやした」

「もみじさんも？」

「もみじだけは、おとらさんが体を張って『こんな怪我人を連れて行こうなんて、火盗改は血も涙もない役人だ。どうしてもというのなら、このあたしが身代わりに行ってやる。さあ』って立ちはだかったんです。あまりの剣幕に火盗改の役人もびっくりしちまって、じゃあ抜糸まで待つ、そう言って引き上げていきやした。今はお道っちゃんがついています」

「何てことを……五郎政さん、見てるんでしょ、巴屋に煙が上がった時のこと」

「へい」

昨夜のことだ、五郎政の脳裏には、まだまだ生々しく残っている。

女将のおまさが飛び出して来て、それで中に飛び込んだのだが、煙は台所で上がっていた。

竈の上に布が燃えていて、五郎政はその布を払いのけて竈の辺りの火は消した。だが、火の粉は既に他の家財に移っていて、すぐに外に出て助けを求めた。

町火消はすぐにやって来た。

半鐘が鳴る。町は騒然となったのだが、火は近隣に移ることはなかった。

巴屋は半焼して落ちたが、怪我人も出なかったのだ。

「ただね。女たちは竈で証文を焼いたと、それは認めたんです」

「……」

「しかも、女将を縛ってる。それも女たちに不利に働いたようだ。このままいけば、みな鈴ヶ森《すずがもり》で磔《はりつけ》にされて火刑だ。とにかく千鶴先生に知らせなくてはって、それで走って……」

「五郎政さん」

千鶴は五郎政の話を遮《さえぎ》った。

「今の話ですが、女たちが証文を焼いたのは確かなのですね」

「へい」

「でも、竈で燃え上がっていたのは、布だったんでしょ」

「そうです、女の着物でした。あれは女将の着物だと思いましたが……」

「女たちは女将の着物も焼こうとしていたのかしら」

「いや、それは聞いてねえな……」

と言った五郎政が、はっとなって、

「千鶴先生」

千鶴を険しい顔で見た。

千鶴は深く頷いて言った。

「肝心なところはそこです」

千鶴は五郎政を連れて玄関を出た。

食事はお竹が慌てて握った握り飯を、五郎政と急いで放りこんだせいか、まだ胸がつっかえているような感じがする。

そこに、猫八がやってきた。

「酷いことになってきたな巴屋は……、だがよ、捕まえたぜ、品川で奴らをな。三人とも浦島の旦那と大番屋に送ってきたぜ」

得意満面といったところか、

「これで、お侍殺しも調べることが出来るというもんだ。そうなりゃ、あの女将も終わりだな」

「ところがこっちも大変なことになっていてな、女たちが火付けで捕まったんだ」

五郎政は門に向かいながら言った。

「えっ、捕まったって……どこに……北町か」

「いや、加役《かやく》にだ」

「なんだって、聞いてねえぜ、あっしも浦島の旦那も」

「もう御奉行所には報せが行っているかもしれません。私たちはこれから板倉さまのお屋敷に向かいます」

猫八の話は後で聞きますと告げ、千鶴と五郎政は門を出た。

「どうなってんだ……」

猫八は、目を白黒させて見送った。

一刻を争うと急いで板倉の屋敷に出向いた千鶴と五郎政は、しばらく座敷で待つことになった。

板倉が丁度女たちから事情を聞いているところだと教えられた。

気持ちを静めて待った。半刻ほどが過ぎたころ、板倉が部屋に入って来た。

「女たちのことで参ったのか」

板倉は言い、座って千鶴の顔を窺った。

「はい、そうです。あの女たちのことで少しお話ししたい事がありましたので」

「殿様、あっしもです。あっしは、あの火の出た現場にいて、しかも家の中に火消しのために入っておりやすからね」

五郎政は気負いこんで言った。

「何、まことか」

板倉は驚いて、二人の話に耳を傾けた。話が終わると、

「分かった。火付けを訴えてきたおまさの話だけでは分からないことが多かったが、これで良く分かった。それにしても、酔楽先生まで出向いて調べていたとは……」

「へい、結構喜んで」

五郎政の言葉に板倉は笑って言った。

「これからは年寄りの冷や水になるような事は控えるように伝えてくれ」

板倉は、調べの途中だと言い膝を起こし、熱い茶とうまい羊羹など頼んでおく、それをゆっくり味わってから帰ってくれなどと言い残して部屋を出て行った。

板倉に話したことでほっとすると、俄《にわか》に腹が空いているのを千鶴は覚えた。

お茶の替えはすぐに来た。

「どうぞ」

二人の前に羊羹が出たが、運んで来た男を見て、二人は肝《きも》を潰すほどびっくりした。

「清治さん……」

「てめえ、どうしたんだ」

にこにこして正座した清治の体を、上から膝へと眺めまわして、

「こんなところで何してるんだ……死罪になったんじゃねえのか」

五郎政は立ち上がると、清治の後ろに回って生身の人間かどうか確かめる。

「殿様に助けていただきやした」

と清治は言うではないか。

「まさか、清治さん、儀助という名で入牢し、百敲きにあったという……」

千鶴は言いながら確信した。

小伝馬町に行った時に聞いた儀助の話を出してみると、そうですと清治は頷いたのだ。

「殿様のご配慮でした。鬼ざくらを捕縛する手助けをしたというので、町奉行所には十両以下の盗みの初犯、そう言って届けてくれやした。お陰で百敲きを受けましたが、その後はここで、旦那方の手下としての修業を積んでいやす」

「ちぇ、嫌な野郎だな。するとまたぞろ、千鶴先生のところに出入りしようってんだな」

「へい、一人前になりやしたら、助けてくれた殿様のお役に立つよう頑張りたいと思っていやす。千鶴先生も、今後ともよろしくお願いいたしやす」

清治は膝を揃えて頭を下げた。

「良かったこと」

千鶴は嬉しかった。これまで見たこともないような輝きが清治の目にはある。

「これでまた、おっかさんを捜せるわね」

「へい」

「まったく、先生、甘い顔はしないで下さいやし」

五郎政は横から清治を睨む。とはいえ、五郎政だって気にしていた。死罪じゃ可哀想だと思っていたから、ほっとしているのだ。

「清治さん、聞いていると思いますが、巴屋の女たちのこと、調べの結果を報せに来てくれませんか」

千鶴は早速頼む。

「そのつもりです」

清治は白い歯をみせて頷いた。

八

千鶴は、待ちぼうけの顔で佇《たたず》んでいる求馬に走り寄った。

「求馬さま……」

「すみません、遅くなりました」

「いいのだ、そんな事は、全て解決して良かった」

求馬は言って歩き始めた。

千鶴も並んで橋を渡る。

二人はこれから入江町の弁天屋に行く。おふみに会いに行くのである。

一連の事件は、千鶴が板倉の屋敷をおとずれてのち、数日の詮議を経て、昨日全て決着がついた。

晋造殺しはむろんのこと、火付けはおまさ自身が、女たちに罪を着せるために、手を縛られているにもかかわらず、竈まで着物をくわえて運んで行って、燃えている証文の上にかぶせて火勢を増したことが分かったのだ。

火付けはおまさの仕業と決まった訳だ。

しかも、本来なら、主であるおまさを縛って証文を焼き、逃走した女たちは罪を免れることはないのだが、おまさの旦那の鹿蔵が女たちみんなに手をつけていた事が発覚、鹿蔵も捕まって強姦の罪で死罪になることも分かった。

足抜けは罪だが、それ以上に、おまさと鹿蔵の罪の重さが問われたことだ。

そしておふみにも朗報があった。

昨日時を同じくして高山郡代の留守屋敷から連絡があり、求馬と一緒に出向いた千鶴は、手付の岡村甚之助から思いもよらない話を聞いた。

晋造が江戸に運んで来たあの熊胆は、勘定奉行の笹原玄蕃《ささはらげんば》に頼まれていたもので、郡代から笹原玄蕃への贈答品であったというのだ。

「その贈答品のために命を落とした晋造があわれ……郡代さまはそう申されて、あの熊胆に相当する金子《きんす》を、おふみの身請けに使うようにと申されたのだ」

そう言って、甚之助は金の包みを千鶴たちの前に置いたのであった。

包みの中には三十両入っていた。

「晋造は、陣屋内でも大変な働き者だったと聞いている。頭も良くて、郡代さまは期待をしておられたそうだ。残念に思っている、そういう報せが参った。この私が、おふみの身請けに向かってもよいのだが、そちらに頼んだほうがよかろうと考えてな」

甚之助はそう言うと、もうひとつ、おふみに渡してやってほしいものがあるのだと言い、出して来たのが貝殻に入った京紅だったのだ。

おふみの顔を思い浮かべて、千鶴は求馬と入江町の弁天屋に急いだ。

果たしておふみは、やつれた顔で現れた。

「元気を出すように言ってやってくださいな」

女将はそう言って、おふみの部屋に通してくれたが、あまりの変わりように千鶴は言葉を失った。

「おふみさん、この宿を出ていけますよ」

千鶴が甚之助から聞いた言葉を話し、おふみの前に金の包みを置いたのだが、おふみは嬉しいのか嬉しくないのか、表情が動かなかった。

「ありがとうございます」

そう言って頭は下げたが、言葉に喜びの色を見ることは出来なかった。

「しっかりしてください。ここを出たら高山に帰って」

「ここを出ても」

おふみが千鶴の言葉を遮るように言った。

「ここを出ても、行くところはありません。帰っても私を待ってくれている人は誰もおりません」

「そんなことはありませんよ。晋造さんのお母さんが待っていますよ」

「えっ」

おふみは小さな声を上げて千鶴を見た。

「晋造さんは母一人子一人の暮らしでした。その晋造さんが亡くなって、お母さんも寂しくなったと泣いていたようですが、いいや、おふみさんがいるって、そう言ってね」

「……」

千鶴は貝紅を出して置いた。

「お母さんが晋造さんの部屋の文箱から見つけたのだと聞きました。それでね……これはきっとおふみさんに渡すつもりだったに違いない、それなら一刻も早く渡して晋造の気持ちを伝えてあげたいって、そう言って代官所に頼んでこちらに送ってきたのです」

「……」

おふみは貝紅をそっと取り上げた。

両掌で包むようにしてじっと見詰める。

「似合うわよ、きっと」

千鶴が言った。

おふみは貝紅を持って鏡懸けに走った。懸けてある鏡の蓋を取ると、鏡の中の自分を覗き、乱れた髪をなでつけた。そして、貝の蓋を取り、薬指で紅をすくって、すっと唇に引いた。

鏡をじっと見る。

俄にやつれた顔が生き生きとして見える。頬にも明るさが戻ってきたように映っている。

「上品な色……」

おふみの後ろに座った千鶴が、鏡を覗いてそっと囁《ささや》いた。

鏡の中の、おふみの双眸《そうぼう》に涙が膨れあがった。

「おふみさん」

千鶴はおふみの肩に手を置いた。

「ううっ」

おふみの目から涙が零《こぼ》れる。白い頬を伝い、赤く引いた紅の側をおふみの哀しみが流れていく。
千鶴もそっと目頭を押さえていた。

第三話　菊の涙

一

「待て、菊池求馬……」

　求馬が呼び止められたのは、神田佐久間町《かんださくまちよう》の和泉橋《いずみばし》の近くだった。

「谷田川《やたがわ》さんか、久しぶりだな」

　求馬は、右手の小料理屋から赤ら顔をして出て来た武家を、立ち止まって見迎えた。

　武家は谷田川欣弥《きんや》と言う。求馬と年齢も近く、同じ御小普請組に属していて、里見土佐守《さとみとさのかみ》支配の者だ。

「どこに行くのだ」

谷田川は、求馬が手にぶら下げている小さな風呂敷包みを指して言った。

——嫌な奴に会った。

と求馬は思った。

谷田川も旗本だが家禄は二百五十石、求馬の家と変わらぬ御家人に毛の生えたような家、いつも胸に不満を託《かこ》っている。

焦る気持ちは求馬にも良く分かるが、先輩同輩が召し抱えられる度に、祝福するどころか欠点をあげつらい、何故《なにゆえ》にあの者がお役を賜《たまわ》ることが出来たのかと悪《あっ》口雑言《こうぞうごん》を並べるのだ。

そういう自分はどうかというと、これは人の噂だが、谷田川は小普請支配の里見土佐守の屋敷に日参し、また幕府の要職にある勘定奉行や御小姓組番頭《おこしょうぐみばんがしら》の屋敷にも『対客登城前《たいきゃくとじょうまえ》』といわれる勤めに精を出していると聞いている。

対客登城前というのは、屋敷の主《あるじ》が登城する前に、朝早くから屋敷に押しかけ、ご挨拶をするというもので、これを小普請組では『勤め』と言っているのである。早い話が猟官《りょうかん》運動である。

むろん賄賂《わいろ》や贈答品を持参することもあり、それはこれまでの風習として行われてきたことで咎《とが》められる筋合いのものではないが、しかしそれも程度ものだ。

求馬はそう考えている。

　一度も対客登城前などしたことのない求馬にしてみれば、正直西へ東へと走ったところで、その効果があるのかないのか疑わしく思っているのだ。

「これはな、丸薬を作っているのだが、知り合いの医者に卸《おろ》しに行くところだ」

「ふん、もっともらしい、殊勝《しゆしよう》なことを言うものだな。本当は金の成る木を持っておるのだろ？」

「どういうことだ」

「しらばっくれるな。どうやらお役に就けそうじゃないか」

「いや、まだ分からん。しかし誰に聞いたのだ」

「俺の耳は八方についているのだ。誰がどんな手を使ってお役を頂戴《ちようだい》したか、そういうことは分かるものだ」

「俺はそんなことは何もしていない。したくても金がない」

「ほう、すると何か……お前さんのどこが優れていて、誰のお目に留まったというのだ」

「……」

　求馬は苦笑した。

谷田川のいつもの癖が始まった。答える必要もないし答えられる訳がない。

「どうだ、どれほどの賄賂を積んだのか教えてくれぬか」

「賄賂だと……」

「贈り物と言ってもいいぞ」

「そんなものはしておらん。誰にもだ」

腹が立った。谷田川は自分と同じように、求馬も贈り物を抱えて奔走《ほんそう》したのだと思っているらしいのだ。

――こんな男にかまっていられるか。

むっとした求馬は、谷田川から視線を外して足を踏み出した。

「待て……」

なんと谷田川は、追っかけて来て求馬の前に回り込んだのだ。目が血走っている。

「急いでいるのだ、退《ど》いてくれ。言わずとも分かるだろうが、どうして賄賂や贈答に使う金が俺にあるというのだ」

「信用するものか。もしも、もしもだ。何の手立てもせずにお役を頂戴する事になったというのなら、俺はお前を許せん」

求馬は大きくため息をついた。どういう理屈でこういう言葉が出てくるのか見当もつかない。

「俺と比べて、お前のどこが優れている……言えよ」

「どこも優れてはおらぬ」

言い捨てて先に進もうとしたその時、

「おい」

谷田川が横をすり抜けようとした求馬の腕を摑んだ。

「谷田川さん」

求馬はきっと睨《にら》んだ。

「ふっふっ、腹を立てたか……刀を抜くか……抜いたら終《しま》いだぞ、何もかもな」

にやりと笑った。

この時初めて谷田川は酔っているのが分かった。酒の嫌な臭いが求馬の鼻をついたからだ。

——困ったな。

このまま帰してくれそうもない。かといってどうすればいいのだ。何かここで事を起こせば、俺の運もこれまでだと思ったその時、

「たいへんだ、たいへんだ！　お武家の喧嘩だ、斬り合いが始まるぞ！　お役人を呼べ！」

大声を出した者がいる。聞き覚えのある声だった。

往来していた町人たちが、ざわめきながら足を止め、二人の周りに集まって来た。

「ちっ、野次馬め」

谷田川は求馬の腕を突き放すと、一方へ去って行った。足下に酔いが回っている。

──不快な男だ。

谷田川に摑まれた腕を一方の手で払ったその時だった。

「兄貴、良かった、どうなることかと思いましたぜ」

走って来たのは五郎政だった。

「やっぱり五郎政だったのか、助かったぞ」

「なあに、斬り合いになったって兄貴の方が腕は上だ。見物したい気持ちもあったんですが、兄貴は明日が大事な御身、そう思いやしてね。でも通りかかって丁度良かった」

五郎政は笑った。酔楽の使いを済ませて帰るところだという。

「俺も今先生のところに行くところだったのだ」

二人は並んで根岸《ねぎし》に向かった。


「はっはっ、五郎政が役に立ったとはな」

酔楽は声を出して笑うと、茶を運んで来た千鶴にそう言った。

千鶴は酔楽のご機嫌うかがいにやって来て、ひとしきり清治が板倉によって救われて、手下として踏みだした話をしていたところで、酔楽は板倉の懐《ふところ》の深さを知って、感心することしきりのひとときだったのだ。

そこへ五郎政が求馬と帰ってきて、五郎政の機転で谷田川とかいう男を追っ払って求馬を救ったと知り、ますます機嫌がいい。

「男の方の嫉妬《しっと》は恐ろしいって聞いていますが、本当なんですね」

千鶴は求馬に茶を出し、自分も隣に座った。

「みっともねえよな、お侍のくせに」

五郎政が言う。

「侍だからこそだな。わしは見たことはないが、若年寄《わかどしより》に始まって目付《めつけ》の屋敷などにも、朝未明からわんさと詰めかけるらしいぞ」

「それで、若年寄やお目付も、会ってくれるんですかね」

「会うとも、それもお役目のひとつだ。お役を求める者たちに会って心の中を聞いてやる。何、それで挨拶に来た者たちの希望を叶《かな》えてやるなどということは滅多にない話だが、そうしてやらんと、お役につけぬ旗本や御家人は鬱憤《うっぷん》の晴らしようがない。中には十年以上も日参する者がいるという話だ」

「ばかばかしいことをするもんだ。町人の方が気楽でいいや」

「ところが、そうとも言えぬのだ。中には本当にお役を射止める者もいるのだからな」

「すると、求馬の旦那の場合はどういうことなんですかね」

五郎政は、にやにやして茶を喫《きっ》している求馬を見た。

「五郎政……」

酔楽は、調子にのるなという風に五郎政をひと睨みし、

「そうだ、求馬、大事なことを忘れていた」

急に真顔になって言った。

「これは、まだ内々の話だが、元大目付の下妻から聞いたところでは、おおかた

大番衆《おおばんしゅう》ではないかと言っていたな」

「大番衆……」

千鶴がつぶやいた。

求馬の転身は千鶴にとってこのところいちばんの気掛りだったが、大番衆とはどんなお役目なのか見当もつかない。

「そうだ、大番衆だ。江戸城・京大坂の警護で六百人もいるところだが、あそこは出世が出来るところだ。どこに召し出されても求馬は案じることはない。勤めの心配よりも、そのなんとかいう、そうそう、谷田川とかいう男に、からまれぬようにする事だな」

求馬は頷《うなず》いた。

口数が少ないのは、正直、谷田川の事で気が滅入っているからだ。

今日のことで終わりならいいが、また何と因縁《いんねん》をつけてくるのか、知れたものではない。

千鶴は、そんな求馬を心配そうに見詰めた。

「目出度《めでた》くお役が決まれば、いよいよ求馬も、良い妻を持たねばなるまい。一人では何かと不自由だ」

求馬と千鶴の顔をちらりと見て、酔楽はさらりと言って微笑《ほほえ》んだ。

「親分、こうして皆集まったんです。前祝いに一杯やりませんか」

五郎政はもう腰を上げて台所に向かおうとしている。

「おい、まだ早い。話がはっきりしたその時は、必ず飲もう」

求馬が言って笑った。

「ちぇ、どこまで慎重なんだか、だから、あんな男にいちゃもんつけられるんですよ。まあいいや、じゃ、前・前・前の前祝いで一杯」

やっぱり台所に急いで行ったその時、玄関で声がした。

「千鶴先生はこちらにいらっしゃいますか」

声は小伝馬町の牢同心、有田万之助だった。

千鶴は急いで玄関に出た。

「これは先生、こんなところまで追っかけてきましてすみません。実はおてるの容体が急に悪くなりましたので……」

やはりやって来たのは万之助だった。急いできたのか、万之助は息をはずませていた。

秋の日はつるべ落としというが、その万之助の背後には、もううっすらと闇が覆《おお》い始めていた。

「小伝馬町には一足先にお道さんが向かってくれました」

「分かりました、すぐに参ります」

千鶴はいったん部屋に戻ると、酔楽に暇乞《いとまご》いをし、急いで小伝馬町の牢屋敷に向かった。

「熱は引いたのではなかったのですか」

千鶴は足早に歩きながら、並んで歩く万之助に訊ねた。

「はい、いったんは引いていたのですが、今日の昼頃からまたぶりかえして高熱になりました。明日まで様子をみようかと思っていたのですが、どうも息が荒くて心配になりましてね」

万之助は、千鶴に歩調を合わせながら言った。

千鶴は、勝ち気そうなおてるの顔を思い出していた。

おてるは、出牢を待っている過怠牢舎《かたいろうしゃ》の女だった。

過怠牢舎というのは刑罰の一種で、女子及び男子十五歳未満の者に申しつけられる刑で、敲《たた》き刑一打を一日として、牢舎に留め置く刑である。

おてるは敲き五十の刑が下り、あと十日もすれば牢屋から出される筈《はず》の女である。

ところが五日前に風邪ぎみだというので、千鶴の診察を受けた。微熱があって体がだるいというので薬を出していたのだが、ここにきて容体が良くないとはどういうことなのか。

「おてるは女牢に入る前に、胸の骨を痛めていました。ひびが入ったとかで、ひととおり治療を受けてから入牢したのです。男に殴られて蹴られて、それで怪我をしたようなんですが、一応痛みも落ち着いていたんです。ですがどうやら、痛みも微熱も、実はずっと続いていたらしく、そこに風邪をひいたようでして……」

困ったことになったものだと、万之助は言う。

「念のためですが、他に風邪で熱を出した人はいませんか」

「おりません」

「そう」

千鶴は少しほっとした。

今江戸では風疹《ふうしん》が流行《はや》っている。

ところが昨日のことだ。九州では麻疹《はしか》が流行り始めたと往診に行った商家で耳にしたところだ。

丁度長崎から帰ってきたばかりの番頭の口から聞いたのだが、まさかこの江戸にもう伝播《でんぱ》してきているとは思えないが、油断は出来ない。

万が一牢内に麻疹が流行ったら、たいへんな騒ぎになるだろう。

なにしろ小伝馬町には、常時三百人から四百人の囚人がいる。狭い土間にひしめき合って暮らしているから、誰かが感染すれば将棋倒《しょうぎだお》しに死者が出るに違いないのだ。

千鶴も含めて牢医が案じるのはそのことだった。

まして自分が預かる牢内から麻疹を出したとなると、先に診察しているだけに、だから言わない事ではない、女の医者などに牢医師を頼むからだとそしりを受けるに違いないのだ。

「先生、実は少し発疹が見えるのが心配です」

万之助が言った。

「発疹が……」

千鶴は驚いて聞き返した。

とにかく容体を見てからだ、落ち着けと自分に言い聞かせたが、正直自分の診立てに間違いがなかったのか不安に襲われていた。

二

果たして、牢屋敷に入って女牢の前にお道と一緒に千鶴が立つと、

「先生！」

「助けてやっておくれよ」

女たちは、鞘《さや》のところまで走り出て来て出迎えた。

「おてるを鞘の外に出せ」

蜂谷が女たちに言った。すると、

「動けるもんか、生きるか死ぬかだってのに、まったく……お役人は血も涙もないってのかい」

女の怒りの声が飛んできた。

「開けてください、私が入ります」

千鶴の一声で、蜂谷は黙って鍵を開けた。

千鶴は手燭《てしょく》を下男《しもおとこ》から受け取るとお道に渡し、二人で牢の中に入った。

「おてるさん……」

千鶴は呼びかけた。

お道の照らす灯りの中に、おてるの顔が見えた。おてるはぶるぶる震えていた。意識はあるのだろうが返事はない。

「お道っちゃん、こちらに光を……」

千鶴は手燭の灯りを、おてるの頬に当てるようにお道に言いつけた。

「はい」

お道が手際よく、おてるの頬や胸や腕に、千鶴の手が動く先へ移動させていく。

万之助が言った発疹は、今のところ頬だけに見えた。

それをまず確かめてから、千鶴はおてるの額に手を当て、熱を計り、次に脈を診た。

おてるの脈は切れ切れだった。もう長くは持つまいと思われるほどの弱々しさだ。

「……」

千鶴がおてるから手を放すと、

「先生、どうなんだい」

女たちが千鶴の顔を一斉に窺《うかが》う。

「手は尽くしますが危険な状態です」

千鶴の言葉に牢内は水を打ったように静かになった。牢屋下男に頭を冷やすための金盥《かなだらい》と手ぬぐいの用意を言いつけると、いったん詰め所にとって返し、熱冷ましの薬を調合し、再び女牢に引き返した。

お道や女たちの手を借りて、おてるの口に薬を流し込む。

「これで様子をみましょう。私は今晩詰め所に待機していますから、何かあれば知らせてください」

固唾をのんで見守る女たちに言い、詰め所に引き返すと、お道だけ治療院に送って行くように万之助に頼んだ。

「明日も患者さんが押しかけてきますから……」

千鶴が再び女牢に呼ばれたのは、その翌未明、詰め所で医書を読んでいた時だった。

万之助と急いで牢屋に向かうと、おてるはもはや息も絶え絶えで、女たちに手をとられて最期の時を迎えようとしていた。

「先生、もう呼びかけてもなんにもこたえなくなっちまったよ」

おひさという女が言った。

「おてる、先生が来てくれたよ……しっかりおし。しゃばに出たらあいつに仕返しするんだろ！」

女牢の名主お勝が呼びかけた。お勝自身も男にひどい目にあわされてここに来ているから、おてるの無念は誰よりも分かるのだ。

「おてるさん」

千鶴も呼びかけて手を握った。

するとおてるが目をかっと見開いたではないか。

「おてる」

「おてるちゃん」

皆口々におてるの名を呼びながらその顔を覗きこんだ。

「……」

しかしおてるは何も言わなかった。もう何かを言う気力は失せたようだった。

だが一瞬、見開いたその目には強い光が宿っていた。涙が膨れあがり、するすると頬を伝った。

「おてるさん」

千鶴は呼びかけた。だが、おてるはそこで事切れた。

千鶴は、鞘のむこうの土間からこちらを見ている蜂谷と万之助に頷いて、おてるの死を知らせた。

女牢は忍び泣きの声に包まれた。

しばらくして、おみさという女が言った。

「先生、おてるは風邪や風疹で死んだんじゃない、怪我のせいだよ。ずっと痛がっていたからね。体が弱ってそれで風邪をひいたけど、原因は男に蹴られて胸の骨を痛めたからだよ」

すると、おさだという年寄り女囚が言った。

「そうだとも、おてるは殺されたんだ。これを放っておいていいのかねえ！」

牢の外にいる蜂谷や万之助にわざと聞こえるように言ったものだから、

「口が過ぎるぞ！」

早速蜂谷から声が飛んできた。

牢名主のお勝は、留口に歩み寄って座ると蜂谷に告げた。

「おてるが亡くなりました。ここに入る前に男から受けた傷がもとで病になって亡くなったんです」

「お勝、知ったかぶりが過ぎるぞ」

「本当のことを告げているんです」

お勝は険しい顔で言った。女たちがお勝の両脇にやって来て、蜂谷を恐ろしい形相《ぎょうそう》で睨み据えた。

「分かった、分かった。俺に怒るな」

「そこで蜂谷さま、お聞き致しますが、おてるの遺骸はどうなるのでございましょうか」

お勝は、真剣な目で訊ねる。

「牢内で亡くなった者は、千住《せんじゅ》の原に死骸取り捨てと決まっておる」

「ではここに入るまで住んでいた長屋には帰れないってことですね」

「そういうことだ。お勝、罪人だぞ、おてるは……」

「ですが、おてるには妹がいます。仲の良かった近隣の者たちもいる筈です。その人たちに別れも告げずに、野の果てに捨てられるのでしょうか」

「お前は何を言いたいのだ。これはこの牢屋敷の決まり事だ」

「金はあります。せめてちゃんと弔《とむら》ってはいただけませんか」

お勝は懐に手を入れた。だが、

「馬鹿も休み休み言うんだ。罪を犯した者は、善良な人間と同じ最期という訳にはいかない。おてるは罪人の中でもめぐまれた方じゃないのか。皆に見送られて、千鶴先生にも徹夜で診て貰えたんだ。ここで死んだ者は、皆裏門から死骸あんかに乗せられて出て行くのだ。その後のことは、死体を処理する輩《やから》と交渉するのだな」

死骸あんかとは、幅が二尺五寸、縦が五尺あまり、そして高さが一尺七、八寸ばかりのものを竹で組み、琉球畳《りゆうきゆうだたみ》の表で包み、戸板の大きさの釣り台に載せたものだ。

囚人が亡くなった時には、それに乗せて捨てに行くのだというのである。

「あきらめろ」

蜂谷はそういうと、

「先生、すぐに引き返してきます」

下男を置いて万之助と出て行った。

「ちくしょう」

お勝は膝を叩いては歯ぎしりしたが、下男がしらじらと明けていく外鞘のむこ

うに広がる草むした庭を眺めているのをちらと見て、

「先生……」

今だとばかり千鶴の側ににじり寄った。

「せめてこれを、おてるの妹さんに渡してくれませんか」

お勝は帯の間から柘植《つげ》の櫛《くし》を出して千鶴の手に渡した。

柘植の櫛は相当の年数を経た品で、磨いて磨いて大切に使ってきたもののようだった。まるで漆《うるし》を丁寧に塗ったような光沢をみせている。

「これは、おてるさんの……」

千鶴は小さな声で訊く。

「はい、たったひとつの遺品です」

「住まいは？」

「北森下町《きたもりしたちょう》の裏店《うらだな》です」

千鶴は黙って頷いた。

「不運な女です。悪い男にひっかかっちまってね、こんなところに来ることになったんだ。その男はのうのうと暮らしているというのだから、世の中なんて薄情なもんだろうね。せめてその櫛を妹さんに託すことが出来たなら、おてるも少しは気持ちが休まる。おっかさんの形見だって言っていたからね、頼むよ」

「分かりました」

「そうだ、それからこれも……」

お勝は、懐から巾着《きんちゃく》を取り出すと、金一分を千鶴の掌に乗せた。

「そして妹さんに伝えてくれないか。千住の原の投げ込み寺に作兵衛《さくべえ》という爺さんがいる。この人が投げ込み遺体の処理をする頭《かしら》なんだが、その爺さんにこの金を渡して、おてるの遺骸を引き取り、ねんごろに埋葬するようにって」

「……」

千鶴は悲しみとは別に、熱いものが胸を満たすのを感じた。いかな牢名主といえども、これほど一人一人に情を掛けて送り出すものなのかと思ったのだ。

「なあに、先生もご存知の通り、あたしも男にいいようにされた口さね。人ごととは思えないんだ」

お勝の声には怒りがあった。千鶴はお勝の心の淵《ふち》を一瞬覗いたような気がした。

千鶴はいったん治療院に戻ったが、一刻（二時間）ほど仮眠をしてから深川の北森下町に向かった。

お道も往診箱を持ってついてきた。丁度八名川町《やながわちょう》のたばこ屋から往診を頼まれていたこともあり、二人はおてるの妹に会った帰りに立ち寄るつもりで家を出た。

「ずいぶんな人出ですね」

両国橋を渡りながらお道が言った。

回向院でご開帳《かいちょう》があるとかで、大勢の人が橋の上を往来していく。

すれ違いざま聞こえる会話には、あきらかに江戸者ではない地方の人たちの言葉が耳に留まる。

秋も深まり、気候の良いのも外出を促しているのだろうが、江戸は全国からやって来た人々で成り立っている街といっても良い。三百諸侯の藩士の方々、そして商人、芸人もしかり、一日にいったいどれほどの人がこの街を往き交い混じり合っていることか知れない。

この人たちが皆幸せならいいのだが、人々がご開帳の見物に我も我もと押し寄せているその時にも、今朝方亡くなったおてるのようにひっそりと息をひきとった不幸せな人もいるのだ。

千鶴の脳裏には、またしてもおてるの顔が浮かんでいた。

おてるは今頃、千住に運ばれているに違いないのだ。

一刻も早くおてるの妹に会い、今日中に千住に出向いて作兵衛という爺と交渉をさせなければならない。

「先生」

先に立つお道が呼んだ。

二人はようやく人混みを脱し、竪川《たてかわ》に架かる一つ目橋を渡っていた。

「それで、本当のところ、おてるさんの病はなんだったんですか。まさか麻疹じゃなかったんですよね」

「ええ、麻疹ではないと思います。風疹だと思いました」

千鶴は言ったが、正直なところ自信がある訳ではない。

なにしろ麻疹は二十年以上の間隔をおいて流行っているので、これまで千鶴が麻疹を診察し、治療した経験がない。

一番近いところでは、確か享和《きょうわ》三年（一八〇三）だから、千鶴が子供の頃のこと、麻疹は父が残した日記や医書記録で知るしかないのである。

「でも、風疹でも命を落とすんですね」

「体力があれば命を落とすことはなかったと思いますよ。死因は肺がやられた為だと思います。私は牢の女たちが言っていたように、胸の骨を痛めていたことも災いしたのではないかと考えています」

「気の毒なおてるさん」

「ええ……」

「私、長崎で流行り始めたと噂の麻疹ではないかと心配していたんです」

「ええ、麻疹も気になるところです。油断は禁物、お道っちゃん、今後はよく注意して患者さんを診察しないと、御府内に入ってくるのも時間の問題」

「勉強しなくては……先生、いい医書があれば拝見できますか」

「もちろん、私が持っているものはいつでも」

「とにかく今のうちにお薬の手配をしておかないと……」

お道はそこで立ち止まった。

「先生、こちらですね。おてるさんがいた長屋は……」

お道は雑穀屋『柏屋《かしわや》』の看板に気付いたのだ。その横手に木戸があり、裏長屋が見えた。

「何かあったのかしら」

お道は千鶴を見返した。

一軒の長屋の前に人が集まっている。しかも、皆ひそひそ顔で話し合っているのである。その家に、長屋の者の大半が集まっているようだった。一人だけよそ者だと分かる男は、深川のかりんとう売りだった。かりんとうと書いた赤い提灯《ちょうちん》を片手に、長屋の者の後ろから家の中を覗いている。

「行ってみましょう」

千鶴が木戸に足を踏み入れた時、

「くわばらくわばら」

かりんとう売りがこっちへやって来た。

「命がいくつあっても足りねえや」

すれ違いざまかりんとう売りは、そう言った。

「待って、何があったんですか」

お道が呼び止めた。

「どうやら流行病《はやりやまい》じゃねえかってさ。赤いぶつぶつが出て死にそうだって言ってるぜ。おいらはもう、この長屋に来るのは止めた止めた」

かりんとう売りは足早に帰って行った。

「お道っちゃん」

千鶴はその家に向かって走った。お道も走った。

「ごめんなさい、通してください」

千鶴とお道は、人垣に叫んだ。

一斉に長屋の者たちが千鶴を見た。

「お医者さんだ。お医者が来てくれたぞ」

「皆、通せ、お医者さんを中に……」

長屋の者たちは千鶴とお道を迎え入れた。

三

土間に入った千鶴は、四畳半の畳の部屋に、十歳ほどの女の子が荒い息を吐きながら仰向けに寝ているのを見た。枕元には母親らしい女が髪を乱し、放心したように娘の顔を見詰めている。

そしてもう一人、女の子の傍に三十前後の男が付き添っていた。町人髷《ちようにんまげ》だが男の横顔はきりりとして緊張が漲《みなぎ》っていた。

男は女の子の脈を診ていたようだ。だが千鶴が土間に立つと、

「診て下さるか」

自身の膝を後退させて、千鶴にここに来て座ってくれと促した。

「これは……」

千鶴は女の子の顔を見て驚いた。小さなぶつぶつが頬に出ている。夕べ亡くなったおてるの発疹と良く似ていた。

千鶴が女の子の脈を診、目の色を診、熱を確かめ、胸をはだけて腹を押さえ、

「お腹の痛みとか、下痢《げり》をしているとか、ありませんか」

母親に訊くまで男はじいっと千鶴が診察をする様子を見ていた。そして、

「最初はただの風邪かと思っていたら、高い熱を出すようになり、今日はこのように発疹を見るようになった」

母親に代わって答えたのだ。

「あなたは……」

千鶴が驚いて男を見ると、男は続けて言った。

「目に充血があるだろう。しかも、昨日には口中の頬の裏側に白色の斑点が見られたのだ」

千鶴を試すような視線を送って来た。

千鶴は言葉に詰まった。風疹だと伝えようと思ったのだが、男の言う症状は麻疹の疑いがあると言っているのだ。

「私は風疹だと思います」

千鶴は言った。

「風疹……麻疹だとは考えられませんか」

男は言った。

「麻疹……」

千鶴は、きっと男を見た。人の所見にズバリと異を唱えた男に平静ではいられなかった。なにしろ、長屋の者が大勢いる中でのことだ。

「いや、出しゃばってすまない。実はあなたが来るまで、私はこの子に、升麻《しょうま》葛根湯《かっこんとう》を飲ませてやってはと考えていたのです」

「升麻葛根湯を……」

千鶴は男の顔を改めて見た。

升麻葛根湯とは麻疹に使う薬である。むろん風疹にも、時には流行り風邪にも使用するが、どうやら男は、どうあっても目の前の女の子を麻疹と断定したいようだ。

「失礼じゃありませんか。このお江戸でたった一人しかいない女のお医者、千鶴先生に押しつけがましくおっしゃって」

お道が不快な顔で男を睨んだ。

「申し訳ない。確かにお弟子さんのおっしゃる通りだ。しかし……」

「分かりました」

千鶴は男のその先の言葉を遮《さえぎ》った。

こんなところで争っている場合ではない。

「風疹にしろ、麻疹にしろ、升麻葛根湯は使います。もしもの事を考えておっしゃる通りに致しましょう」

千鶴は言った。

すると、様子を窺っていた長屋の者たちからざわめきが起こった。不安の声も口々に出た。

「いったい、どうすりゃいいんだ」

「みんな、慌てるな！」

男は立って上がり框《かまち》のところまで出て行くと、集まっている長屋の者たちを見渡した。

「まだ麻疹と決まった訳ではない。だが用心は必要だ。今日からこの家への出入りは私一人が請け負う。私は幼い頃に麻疹をやっているからね。長屋のみんなは、むこう二十日ほどは寄りつかないでくれ。おいとちゃんが元気になったら、私からみんなに知らせる。それと、握り飯でも何でも良い。誰か食事を運んでくれないか。そうだな、戸口に置いて声を掛けてくれれば私が取りに出る」

「分かったよ、圭之助《けいのすけ》さん。だけど、それだけ守っていたらば、もしおいとちゃんが麻疹だとしても、あたしたちに移らないのかい……うちには子供が三人もいるんだ」

長屋の女房が言った。

男の名は圭之助というらしい。

「身を寄せるところがあれば、子供たちだけでも預かって貰うがいい」

「そんなところがある訳ないじゃないか」

「だったら、あまり人混みのところには行かないこと……これは子供も大人もだ。外から帰ってきたら口をゆすぎ、手をしっかり洗うことだ。しかしそれで大丈夫かと言ったら確信はない。私の考えだ」

「御札はどうだい、なんといったか、根岸の方に、麻疹や疱瘡《ほうそう》にかからない御札をくれるお寺があっただろ」

「御札もいいが、それよりも今言ったことを守った方がいい。みんなに伝えることはこれだけだ」

その言葉で、皆口々に不安を漏らしながらも、自分の家に引き上げて行った。

千鶴は圭之助と呼ばれた男を怪訝《けげん》な顔で見ていた。

なんと今、長屋の者に与えた注意は、紛《まぎ》れもない医者の言葉だ。しかしどう見ても圭之助の姿は医者ではない。髷は町人髷だ。ただ、髷や形《なり》は町人だが、その言葉は、医者のようでもあり、また武家のようにも思える。

「失礼をした。私は医者をやっていたことがありましてな、今はよろず屋だが、少々心得があったものですから」

圭之助は苦笑した。

お道は、反感丸出しにして圭之助を睨んでいる。だが圭之助は、少しも気にせず、

「この子の薬代は私が払います」

と言った。

千鶴たちが来てくれなかったら、自分が生薬屋《きぐすりや》に駆け込んで薬を貰おうかと思ったが、生憎《あいにく》薬研《やげん》がない。どこかの医者にでも診察を頼もうと思っていたところに千鶴たちが現れたのだと説明した。

但し薬代が高額になった時には、申し訳ないが何回かに分けて支払わせてほしいと付け加えた。

「藪医者《やぶいしゃ》だった頃に人を死なせた。それの償《つぐな》いだ」

圭之助は言い、苦笑した。

「恩に着ます、ありがとうございます」

おいとの母親が、千鶴と圭之助に頭を下げた。そして娘に語りかけた。

「おいと、良かったね。お薬が飲めるよ。良くなるよきっと」

おいとは熱にうかされながらも、小さく頷いた。

「しっかりね」

千鶴はおいとの手をぎゅっと握った。

おいとはうっすらと目を開けると、縋《すが》るような目を千鶴に送って来た。

「大丈夫、きっと元気になりますよ」

千鶴がそう言ってやると、おいとは安心したように目をつむった。相変わらず息は荒いが、少し気持ちが落ち着いたようだった。

千鶴は、おいとの母親に自分の名と治療院の場所を告げ、薬は後ほど届けますと約束して土間に下りた。

「ありがとう、あなたのお陰でおいとは助かる。この通りだ」

圭之助は上がり框まで出て来て座ると、千鶴に頭を下げた。心底から礼を言っていると千鶴は思った。

圭之助に抱いた不快な気持ちは、千鶴もお道も、この時どこかに飛んでいってしまったようだった。


「牢医の先生がなぜこちらに……姉に何かあったのでしょうか」

おいい、おはると名乗ったおてるの妹は、突然千鶴の訪問を受け、驚きの顔で迎え入れた。

おはるは腕に鉢を抱えていて、その鉢には菊の茎が四、五本立ち上がって緑の葉を茂らせていた。おはるは菊の世話をしていたようだ。

丸い顔立ちの可愛らしい女《ひと》だった。

部屋の中は綺麗に掃除がしてあって、台所もきちんと整頓されていた。姉と二人、つつましく、健気《けなげ》に生きてきたことが、一目で分かった。

圭之助がおはるは両国の団子屋《だんごや》の売り子をしているのだと先ほど教えてくれたのだが、いかにも盛り場の売り子らしい愛らしさがある。黄八丈《きはちじょう》の着物を襟《えり》を詰めて着ている。そして黒繻子《くろしゅす》の帯をきゅっと締めている。

姉のおてるは勝ち気で情熱的な女に千鶴の目には映っていたが、おはるの方はまだ花開く前の蕾《つぼみ》のような純な感じのする娘だった。

千鶴は、ちらりと二人の住まいの様子を眺めてから、

「残念でしたが、おてるさんが亡くなりました」

静かに告げて上がり框に腰を下ろし、柘植の櫛をおはるの膝前に置いた。

「姉が……亡くなったって、どうして？」

おはるは抱えていた鉢をとり落としそうになった。心もとない手つきでその鉢を板の間に置くと、恐ろしいものでも見るような目を向けた。

「急な病でした。熱で肺の臓が冒されて……手を尽くしましたが今朝未明に……」

「……」

おはるは櫛を恐る恐る取り上げた。

「そんな馬鹿なこと……姉さんが……」

櫛を胸に抱いた。途端に涙が溢《あふ》れて出る。だがおはるは、それを拭いもせずに、悔しそうに千鶴に言った。

「酷《ひど》い男にひっかかったばっかりに、こんな事になってしまって……先生、酷い目に遭わせた人がなんのお咎めも受けないで、どうして姉だけがこんなことになるのでしょうか」

「おはるさん」

「教えてください。私にはなぜだか分かりません。相手の人がお武家だったからでしょうか」

「お武家……」

「ええ、私もその人に一度会ったことがありますが、その時には、姉に歯の浮くような言葉を並べて、姉をうれしがらせていました。それで姉は、お嫁入りのために貯めていたお金も、働いたお給金も、全部その人に貢いでいたんです。でもある日、姉は騙されていたのを知ったんです。谷田川さまを殺して自分も死んでやるって包丁《ほうちょう》を持ちだして……」

「今なんて言いました……谷田川さまって言いませんでしたか」

千鶴は驚いておはるに聞き返した。

谷田川某という名は、昨日求馬から聞いたばかりである。同一人物かどうかは分からないものの、千鶴の頭に引っかかった。

「はい、谷田川欣弥というお旗本です」

「……」

千鶴は絶句した。

まさかと思ったが、あの谷田川に違いないと思った。

おはるは話を続けた。

「私、心配して待っていました。そしたら、その夜になって、岡っ引の徳蔵《とくぞう》さんとかいう人が訪ねて来て、おてるは牢屋に入れられることになった、そう言ったのです」

おはるはその訳を聞くのも恐ろしかった。

──姉は谷田川さまを刺したのか……。

おはるが訊ねるまでもなく、徳蔵という岡っ引はこう言ったのだ。

「おてるはな、谷田川さまというお侍を待ち伏せして傷を負わせたのだ。幸い谷田川さまの傷は浅かったが、おてるは包丁を取り上げられて、谷田川さまの手で番屋に突き出されてきた、そういう事だ」

番屋にはその時丁度、徳蔵と北町の同心納屋《なや》八郎《はちろう》が立ち寄って茶を飲んでいた。

それでおてるは、すぐさま大番屋に連れていかれて、その日のうちに小伝馬町の牢屋に入れられることになったというのであった。

「谷田川という人は、姉を番屋に突き出す時、この女は俺に横恋慕《よこれんぼ》のあげく斬りつけてきたんだ。自分は刃物で襲われるような事は何ひとつしていない。二度とこのような事がないように厳しく処罰してくれ、そう言ったと徳蔵さんから聞いています」

「おはるさん、谷田川というお武家と、おてるさんは、どこで知り合ったんでしょうね」

「お店だと思います。姉は元町《もとまち》の小料理屋に勤めていましたから」

「お店の名は？」

「青柳《あおやぎ》です」

「そう……」

「五日も前のことでした。徳蔵さんから、姉が家に帰ってくるのも、もうすぐなるだ、そのように聞きました。姉の帰ってくるのを楽しみにしていたのに亡くなるなんて」

「本当にお気の毒でした」

「それで先生、姉は何時《いつ》ここに帰してくれるんでしょうか、亡くなったのですから私が小伝馬町の牢屋敷に迎えに行けばいいんですね」

「ところがそうはいかないきまりになっているらしいんです。牢屋敷に行ってもお姉さんを渡してもらえないようです」

「何故ですか、死んだんでしょう」

おはるは、もどかしげに言った。

「それがね、おはるさん……」

千鶴は、罪人が牢屋で亡くなった時のきまりをおはるに話した。そして牢名主のお勝から預かって来た一分金と、それとは別に、千鶴は財布から一両を出して、おはるに渡した。

「こんなにたくさん」

驚くおはるに、

「おてるさんを引き取るために使ってください。向こうのお寺には五郎政さんという私の知り合いが待ってくれていますから、その人に手伝って貰ってお姉さんの遺体を引き取り、お葬式をしてあげてください」

おはるは暫《しばら》くおし黙って聞いていた。おはるの胸はあまりに理不尽だという思いで一杯のようだった。だがやがておはるは顔を上げて言った。

「ありがとうございます」

四

おてるの弔いを終えた翌日の昼過ぎに、千鶴は求馬に同道してもらって、元町の小料理屋『青柳』を訪ねた。

おてると谷田川欣弥の事を聞きたいと女将《おかみ》に頼むと、

「それならおかねさんに聞いて下さいな、一番の仲良しでしたからね」

そう言って快く上に上げ、

「おかねさんを呼んで頂戴な」

仲居の一人に言いつけると、千鶴と求馬に座をすすめ、

「それにしてもおてるさん、亡くなるなんて可哀想なことでしたね。あたしも妹

さんから連絡を貰ってお線香を上げさせてもらいました。そしたら今日の昼前に妹さんがやってきましてね、姉さんと谷田川というお侍のことを良く知ってる人に会わせてほしいって……その時も、おかねさんに話して貰ったんですよ」

女将がそんな話をしてくれているところに、

「おかみさん、御用は何でしょうか」

前垂《まえだ》れを掛けた三十ぐらいの女が廊下に膝を折った。

「あっ、おかねさん、この方ね、小伝馬町の女牢のお医者さまで、おてるさんのこと、いろいろ聞きたいって」

おかねを招き入れて、女将は部屋を出て行った。

「すみません。支度でお忙しい時に」

千鶴は、膝の上に置いたおかねの荒れた手を、ちらりと見た。毎日毎日水仕事に追われている女の手だと思った。お化粧も薄く器量もいいとはいえない女だが、正座して千鶴に顔を向けたおかねの顔には、無二の友を失った哀しみが垣間《かいま》見える。

「他でもありません。おてるさんが小伝馬町に入ることになった訳は、谷田川という人にあるのだとおはるさんから聞きました。そのことについてお聞きしたいのですが」

千鶴が口火を切ったが、すぐに求馬が後を繋《つな》いだ。

「谷田川というのは、旗本の谷田川欣弥で間違いないのか」

「はい、そう名乗ってこの店に来ていました」

「三十前の男で、額の右の生え際にほくろのある……」

求馬は自分の額で、この辺りだと指で示しておかねに聞いた。

「そうです。確かにそこにほくろのようなものがありました」

求馬は、千鶴の顔を見て、険しい顔で頷いた。

「あたしとおてるさんは、ここで働くようになった時期が同じでした。それでずっと誰よりも仲が良かったんです。あたしはご覧の通りの女ですから台所で洗い物を担当していますが、おてるさんは器量良しだったから仲居をしていました。お客さんにも人気があって、谷田川さまもこのお店に来るようになってすぐに、おてるさんを誘ったように聞いています」

谷田川の話を聞いたのは、今から一年前のことだった。

おてるはその時は幸せいっぱいで、人に隠しておくことができなかったようだ。

「おかねさん、誰にも言わないでね、あの人から、まだ人に言っては駄目だと言われてるの」

おてるは、おかねを両国広小路にあるしる粉屋に誘って、谷田川と密かに会っているのだと告白した。

その時のおてるの話では、お役目に就くことが出来たそのあかつきには、おてるをしかるべき人の養女にし、そして妻にする、そう言われたおてるはせっせと谷田川に貢いでいたというのである。

おかねはその話を聞いた時、本当は不審に思っていた。

騙されているんじゃないかと、ふと思ったが、おてるには言えなかった。

「だってね」

おかねはそこで話をきって千鶴と求馬の顔を見た。

「おてるさんは両親を早くに亡くして、姉妹二人で暮らしてきたんです。両親が亡くなった時、おてるさんは十七歳、おはるちゃんはまだ十になったばかりだった。両親は少しお金を残してくれていたらしいけど、おてるさんはそれには手をつけないでおはるちゃんを見守ってきたんです。そしてようやくおはるちゃんも一人前になって、自分のことを考えられるようになった。私はそれを知っていたから、おてるさんがようやく摑んだ幸せを壊すようなことはできないって、そう思ったんです」

おかねは、哀しげなため息をついた。その時、友達として、用心した方がいいよって言ってあげればよかったと、今でも思っているのだという。

「おてるさんが騙されたと分かって、あたしに相談してきたのは、二カ月前のことだったんです」

おかねは言った。

おかねはその時も、両国広小路にある、しる粉屋で話を聞いた。

その時の話によれば、つい先日のこと、おてるは神田の河岸で、谷田川が綺麗な女と歩いているのを見た。

着ている物は上物の振り袖で、おてるなど触ったこともないような高価な着物だった。

どこかの大きなお店《たな》のお嬢さんに違いなかった。

物陰から見ていると、二人は人の目を忍んで手を握り合ったりしている。時々お嬢様は、谷田川にわざと体をぶつけたりして、じっと熱い視線を向けたりしている。

おてるはかっとなった。

あのお嬢様と深い関係になっているなと思ったのだ。

それは自分にも覚えのあることで、初めのうちは恥ずかしいばかりなのだが、何度もそういう関係を重ねていると、相手を独占したくなる。男の方も同じ気持ちで、熱のこもった目を向けて、甘い言葉を掛けてくる。

谷田川と深い関係になった時に感じたこと、とった行動を、今目の前を通って行く二人は再現しているのだった。

おてるは我慢がならずに、二人の前に飛び出して行った。

「どなたですか、そちらのお嬢様は……」

険しい顔でおてるは訊いた。するとお嬢様が、

「なんですか、この人……」

谷田川の腕に縋ると、谷田川の顔を覗き見た。谷田川を咎めるような目をしている。

谷田川は慌ててお嬢様に言った。

「何、いきつけの小料理屋の仲居だ。お前が気にすることではない」

そしておてるをきっと睨むと、

「何の用か知らぬが、退いてくれ」

ぐいとおてるを押しのけた。そしてお嬢様を庇《かば》うようにして去ったというのであった。

そこまで話した時、おてるは悔しさのあまり泣き出した。

泣く泣くおかねに訴えたのだ。

「あたしはね、今まで貯めてきたお金を全部あの人に渡したんです。そればかりじゃないの。両親が私たちのために蓄えてくれていたお金も渡したんです。そのお金は、おはるの嫁入りの時に渡してやろうと思っていたものだった。でも谷田川さまが、今十両のお金があればお役にありつけるなんて言うものですから、これだけは必ず返してくださいって言ったんですが、そんなこと、もうとっくに忘れているみたいで、あたし、妹に顔向け出来ない。酷い姉だってきっと思うに違いない……」

この時おてるの顔には、悲愴なものが見受けられた。

何か悪いことが起きなければいいなと思っていたら、翌々日、おてるが谷田川を傷つけて牢屋に入れられたとおかねは聞いたのだ。

おかねは、深いため息をついた。何もしてやれなかった自分が、情けないとも

言った。そして、

「悪いのは、あの谷田川という人なのに……お上は町の女よりお侍が大事なのね、あたしたちは虫けらなんだと思いました」

怒りがまた押し寄せてきたようだった。

長い話だった。

千鶴も求馬もじっと聞いていたが、おかねが話し終えると、求馬が訊ねた。

「谷田川は今も店に顔を出すのか」

「いいえ、もうずいぶん前から来ていません」

おてるが谷田川に不信感を持ち出したのも、それが原因だったようだ。

「おかねさん、いったい、おてるさんは、谷田川さんというお武家に、どれほどお金を貢いだのでしょうね」

「私が聞いたのは、ご両親が残していたお金というのが十両ほど、それに自分がそれまで働いて貯めていたお金が三両と二分、その上、谷田川さまと知り合ってからは、お給金も、お店でお客さんから頂く心付けも、全部渡していたと聞いていますから、たいへんな額になると思います」

「そう……ではおはるさんも、その事は知っているんですね」

「はい。まさかご両親が残してくれたお金にまで手を出しているとは知らなかったようです。てっきり、そのお金は、それまでの姉妹の暮らしの中で使ったものだと思っていたようです。おてるさんがその金に手をつけないで置いていたのは妹さんの為でした。ですからおはるさんはその事を知って、これまで以上に谷田川という人は許せない、そんな事を言っていました」

「酷い人……」

「私がおはるさんなら、姉さんの敵《かたき》、とってやろうと思うでしょうね」

何気なくおかねは言ったが、突然何かに思い当ったような顔で千鶴を見た。

不安に駆られた顔だった。

「まさか、そんなことをおはるさんが言っていたんではないでしょうね」

千鶴は驚いて聞き返した。

「求馬さま、町奉行所はやはり、谷田川さまがお旗本だから何も出来なかった、そういうことでしょうね」

千鶴は悔しそうに言って、求馬の横顔をちらと見た。

「うむ」

求馬は小さく返事をした。

小料理屋青柳を出てからずっと求馬は黙然《もくねん》として歩いている。難しい顔をしていた。

おかねの話に出て来た谷田川欣弥の事が頭の中を占めていて、言葉を失っているのだ。町の女をもてあそぶという武士としてあるまじき行為、聞くに堪えない中味とあっては、同じ旗本として自分が後ろ指をさされたように恥ずかしかったが、次第に谷田川への憤《いきどお》りに変わってきている。

町の中でひとつの事件が起きた時、両方が町人ならば何の問題もなく町方の手で裁くことが出来るのだが、一方が旗本御家人となると、町方の手は届かない。

谷田川に反省を促し、その行為に制裁を加える為には、上士である御小普請支配が評定所《ひょうじょうしょ》に谷田川を引き渡し、評定所で裁きを受けなければならない。

武士が町人に少々の悪さをしたってお目こぼしになっているのは、そういった制度の煩雑《はんざつ》さから来ているのかもしれない。

おかねの言った事が本当なら、谷田川の行為は許されるべきものではない。

――ただ……。

谷田川を評定所に送るには、谷田川に非があるという確たる証拠を揃えて見せなければ、あの男の事だ、旨く言い逃れるに違いない。

「私が心配しているのは、妹のおはるさんの事です」

千鶴は言った。口に出すのもはばかられるが、思いあまって何か起こすんではないかという危惧から脱けられない。

「一度良く様子を見たほうがいいな」

「ええ」

「俺も同じ旗本として、谷田川のことを調べてみようと思っている」

「はい」

千鶴は頷いたが、ふと見た前方に、圭之助の姿をとらえていた。

圭之助も千鶴に気付いたらしく、急ぎ足で近づいて来た。

「今お道さんから薬を貰ってきたところです」

圭之助は、懐から覗いている薬の袋をとんと叩いて、

「お陰様でおいとは助かりそうです」

嬉しそうに言った。

「まあ、それは良かったこと」

「ただ、油断は出来ません」

圭之助は顔をひきしめた。

「ええ、私もそう思っています」

「実は長屋に大工の妻吉《つまきち》という男がいるのですが、昨日から風邪気味で寝付いてしまっている。もしやと様子を見ているところですが、妻吉はおいとが寝込むまで、なにかとあの家に出入りしていましたからな。母一人子一人のおいとを可愛がっていたらしいですから、おいとから移ったのかもしれないと考えている」

「……」

圭之助は、おいとは麻疹で、ひょっとして、その大工にも麻疹が移ったのではないかと案じているのだ。

千鶴も自分の判断が甘かったのではないかと、正直恐れを抱いている。

父の残した日記で、享和三年の麻疹流行の様子を記述したものを昨夜読み、女牢で亡くなったおてるも、風疹ではなく麻疹だったのかもしれないという疑いを持つようになった。

それというのも、昨日、上方《かみがた》に商いで行っていたという大伝馬町の木綿問屋《もめんどんや》『山崎屋《やまざきや》』の手代が、風邪ぎみで熱を出している。

診察をしてみたが、今のところはなんとも言えないものの、用心して千鶴は見守っているのである。

正直なところ、長屋で見せた圭之助の病人に対するテキパキとした指示は自信に満ちていて、その姿が頭をよぎると、千鶴はどこか気おくれするのを否めない。

「麻疹が流行ったのは、私も子供の時の話です。千鶴さんも幼子だった筈、いや、多くの若い医者は皆経験したことのない病です。手探りでいくしかない。そうそう、大坂では相当数の麻疹の患者がいるらしいです。今朝知り合いから手紙が届きました」

圭之助は言った。

千鶴は頷いた。

「その手紙によると、薬の買い占めがあり、食べていいもの悪いものなどという風評被害で街は大変混乱しているとありました。いずれこの御府内もそうなるに違いない。案じているところです」

圭之助はそう言うと、千鶴の側に立っている求馬に、改めて名を名乗った。

求馬も名乗った。

圭之助の目には、千鶴と親しげな求馬への好奇心がありありとうかがえたし、求馬の方には、千鶴が遠慮がちに接する男の正体は何だといぶかしむ気配がみえた。

「では……」

行きかけた圭之助を千鶴は呼び止めた。

「圭之助さん、おはるさんに変わりはないでしょうか……ご存じありませんか」

おてるの弔いに圭之助は来ていなかった。おいとの看病に専念し、人の集まる所に出て来るのを遠慮したからだ。だが、おてるが牢に入っていた事や、無念にも牢死したことを圭之助が知らぬ筈がないと思ったのだ。

果たして、

「あの姉妹については、私もひと通りの事は知っています。千鶴さんは、おはるさんを案じているんですね」

圭之助は言った。

「ええ、そのうちにまたお訪ねするつもりですが、おはるさんの様子、気をつけて見て頂けませんか」

「分かりました、そうします。先生には恩がありますから」

圭之助は、懐の薬の袋をぽんと叩いて、白い歯を見せた。

「医者なのか、あの男……」

求馬は、踵《きびす》を返した圭之助の後ろ姿を見送りながら言った。

「ええ、でも何か事情があるようです。詳しくは存じませんが……」

千鶴は言った。

なぜ圭之助がこの江戸にやって来て、よろず屋になっているのか、千鶴も気になっていた。

五

山崎屋から往診の使いが来たのは翌日のこと、先に診察した手代が高熱を出している。発疹もみられるので急いで来て欲しいと言われて、千鶴はお道を連れて山崎屋に向かった。

手代は亡くなったご隠居が使っていたという離れの部屋に寝かされていた。

「いかがでしょうか」

離れに千鶴を案内した番頭は、廊下から訊ねた。

手代の発疹は、頬と、それから腕にもあった。

千鶴は番頭に向き直ると、

「麻疹の疑いがあります」

はっきりと言った。すると、

「やっぱりそうですか。私が二十歳の頃に見た発疹と似ていたものですから、急遽《きゆうきよ》松蔵《まつぞう》をここに移しました」

「それで良かったと思います。こちらのお店には、毎日たくさんお客さまがいらっしゃることとですから、病人を増やさないように心がけなければなりません」

「といいますと……これ以上に何か心配りをするべきだと……」

「松蔵さんをどこかに移すか、お店を閉めるか」

「そんな、お店を閉めるなんて事出来る筈がございません。これから年末までかき入れ時です」

番頭は憮然《ぶぜん》として体を起こした。

「山崎屋さんが、この御府内に麻疹を流行らしたと、そう言われもよいのですか……。今のところ、この御府内では、患者さんはそう多くないと思われます。いずれ患《わずら》っているのは、松蔵さんのように上方帰りの人たちだと思われます。いずれ流行ってくるとしても、出来るだけ食い止めたい。それにはみんなの心構えが必要です」

「お言葉ですが、先生は、一日店を閉めればどれほどの売り上げが吹っ飛ぶのかご存じないでしょうな。こんな時期に店を閉めるなど死活問題です」

番頭の言葉には、怒りさえ見える。

「ですから、閉めることが出来なければ、どこか静かなところで、しっかり治してもらうことです。大切なのは、お客さんと接する人たちが、松蔵さんと接触しないことです。それを厳しく守れば、病に罹《かか》る人は少ないと思います。お客さんに感染するのも防げるでしょう。私が言っているのは、そういった大店としての心構えをしてください、とお願いしているのです」

「先生……」

千鶴のその言葉で、番頭は少しほっとした表情を見せた。

千鶴は大げさなことを言っているのではない。

流行病についてこれまでに出版された物も読み、またそれを裏付けるために父の診療日記も読んだ上でのことだ。

父などは当時、薬園の隅に麻疹の患者ばかりを集めた小屋まで建てて治療したと書いてあった。

千鶴だって麻疹の疑いがあると分かれば、用心のためのさまざまな心得は伝えなければならない。

「番頭さんもご存じだと思いますが、これまで麻疹や疱瘡がこの御府内に流行った時、さまざまなお店が被害を被りました。食べ物屋さんしかり、芝居小屋しかり、吉原《よしわら》や岡場所もしかり、ありとあらゆる所が被害を受けています。大きな呉服屋さんもそうでした。食べ物屋さんについては少し事情が違いますが、呉服屋さんはじめ、人の集まる所がお店を閉めなければならなかったのは、お店で働く人たちの半数近くが病にかかったのも大きな原因のひとつでした」

「……」

番頭は、膝に手を組んで聞いている。

「お店の人たちに病人が出なければ、商いは続けられるのです」

「……」

「千代田のお役所でさえ、麻疹にかかれば二十日の間は出勤は差し控えることになっていますよ。まして街の中は罹患《りかん》しやすい幼い子供たちがたくさんおります。協力頂けませんか。もしも、山崎屋さんが真摯《しんし》に麻疹に取り組んだという噂が広がれば、今後この御府内の他のお店も、患者さんが出た時には同じような考えをもってくれる筈です。流行病の広がりが小さければ、山崎屋さんがこの時期にとった処置はお手本となります。のちのち山崎屋さんの商いに悪い筈がありません」

じっと聞いていた番頭が大きく頷いて顔を上げた。

「先生、ではこれはどうでしょうか……松蔵を向嶋《むこうじま》の寮で養生させるというのは……」

「向嶋に寮があるのですか」

「はい、向嶋に一軒と根岸にもございます。旦那さまの許可を頂かなくてはなりませんが、向嶋の方は隣家とずいぶん離れておりますから、そちらなら近隣の方々にもご迷惑をかけることなく、また松蔵自身もゆっくり養生できるかと存じます」

「結構です。ではそのようにしてください」

千鶴は言った。そして、松蔵を世話する者は、既に麻疹を患ったことのある者で、まだ麻疹の洗礼を受けてない者は、寮には近づかないようにと厳しい注意を与えた。

「一度罹っていれば絶対大丈夫かというと、そうでもないらしいのですが、罹っても軽くて済むようです」

「分かりました。おっしゃる通りに致します。では先生も、次からは駕籠《かご》を差し向けますので、向嶋の方に往診をお願い致します」

番頭はほっとした顔を見せた。

千鶴は持参した升麻葛根湯を番頭に渡して山崎屋を出た。

「先生、私、どうなる事かとひやひやしていました」

山崎屋を後にしてすぐ、お道はにやりとして言った。

「本当は私も……」

千鶴も苦笑を浮かべた。

「圭之助さんが大坂を追い出されてこちらにやってきたのも、昨年大坂で大流行したコロリが原因だったようですからね」

お道は意外なことを言った。

「コロリの？」

千鶴は歩きながら意外な顔でお道の横顔を見た。

「やっぱり先生、ご存じなかったんですね」

「ええ、もちろんよ」

「詳しい事はおっしゃらなかったのですが、先日おいとちゃんの薬を取りにみえた時に、ちらっとそんな事をおっしゃっていました。まったく初めての流行病に打つ手がなかったようなんです。あっという間に人々が亡くなっていく惨状の中で、圭之助さんなりに、手を洗えとか、うがいをしろとか、人混みの中に出ない方がよいとか大声をあげたものだから、商人たちに大坂の街を攪乱《かくらん》する不届き者だと大坂町奉行に訴えられたんですって」

「まあ……」

「ほとぼりが冷めるまでは大坂には帰れないし、医術も控える、そうおっしゃっていましたから、もしや先生も、あんまり厳しくおっしゃると、同じ目に遭うのではないかと……」

お道は言った。

——そうか、そんなにあの圭之助は気骨のある医者なのか……。

千鶴は妙に感心した。

昨年のそのコロリの流行は、箱根まではやってきたが、そこからこちら、江戸の街にはやっては来なかった。

箱根の関所で厳しく往来の制限や監視をした事で、コロリを江戸に入れることなく鎮静化させた。

大坂では数千人がコロリで亡くなり、その後東海道を江戸に向かってやってきたのだから、大坂以外の場所でも、どれほどの罹患者や死者が出ているのか分かったものではない。

「先生……」

コロリの病が俄《にわか》に頭の中を駆け巡り始めたその時、むこうから幸吉の姿が急ぎ足で来るのが見えた。

「幸吉さん」

お道が大きな声で呼びかけると、幸吉は駆けてきた。

「丁度良かった。今お得意先の先生方を順番に廻るところで、先生のところにも寄せていただくつもりでした」

と言うではないか。

「あまりいい話ではなさそうですね」

千鶴は、幸吉の目を覗いた。

「おっしゃる通りです。実は先生から頼まれていました量が手に入りません。突然品薄になりまして……誰かが買い占めを始めたようです」

「まさか全ての薬種が、ということではないでしょうね」

「唐升麻、和升麻、葛根、桔梗《ききょう》、連翹《れんぎょう》、荊芥《けいがい》……」

「じゃあ、麻疹治療に必要なもの全てではありませんか」

「はい」

幸吉は首筋ににじんだ汗を手ぬぐいで拭きながら言った。足を棒にして飛びまわっているようだ。

「まだどこかにあるのではないか、買い占めたのは誰なのか、今調べているところですが……」

千鶴は、呆然《ぼうぜん》としてお道と顔を見合わせた。

「先生、この男が徳蔵と申しやして、北町の、納屋八郎さまとおっしゃる旦那の手下をしている者でございやす。おてるを大番屋に送ったのもこの男でして、おてるの事件についてはこの徳蔵に聞いた方がよかないかと思いやしてね、それで一緒に来てもらったんです」

猫八は、口中の餅菓子《もちがし》を慌てて飲み込み、帰ってきた千鶴を見迎えた。

診察室の前の縁側には、その猫八と並んで、まだ二十歳前後の、若い十手持ちがいる。

どうやらその男が徳蔵というらしかった。

徳蔵の名は、おはるから聞いている。それで千鶴がその話を猫八にしたところ、早速連れてきてくれたという事だった。

「徳蔵といいやす」

若い十手持ちは、千鶴と目が合うと緊張した面持ちで頭を下げた。

「あら、お帰りなさいませ。すみません、裏で用事をしていて気付かなくって」

お竹が、前垂れで手を拭きながら、にこにこして出て来た。

「ただいま、あっ、お竹さん、私たちにもお茶下さい」

千鶴はお竹に餅菓子とお茶を頼むと、猫八と徳蔵がいる縁側に出て座った。

「おい、すまねえが先生に出来るだけ詳しく話してくれ」

猫八に促されて、徳蔵が頷いた。

「あっしと納屋の旦那は、あの日見廻りで、神田の佐久間町の番屋に立ち寄り、お茶を飲んでたところでした……」

徳蔵は目をぐるりとまわすと話し始めた。どんぐり目に白目がちだから、顔立ちの中でも目だけが目立つ。

徳蔵の話によれば、谷田川に襟首《えりくび》を掴まれて突き出されたおてるは、その時谷田川に相当殴られたらしく、右目の辺りも腫れていたし、胸を押さえて痛がっていた。

谷田川の方はというと、左袖を切られ、二の腕から血がしたたり落ちていた。

「この女に襲われた。牢にぶちこんでくれ」

谷田川は番屋に入って来るなり、同心納屋にそう言った。

「わけを言ってください。何があったのです」

納屋は谷田川に聞いた。

すると谷田川は、この女は自分が贔屓《ひいき》にしていた青柳という元町にある店の仲居だが、自分に横恋慕してつきまとい、金を返せなどと訳のわからない事を口走り、あげくの果てに隠し持っていた包丁で斬りつけてきたのだと吐き捨てるように言ったのだ。

「女、それで間違いないな」

納屋は、髪を乱して蒼白の顔で聞いていたおてるに訊ねた。

するとおてるは、

「嘘っぱちですよ、この人の話は……私はこの人に騙されて」

「いい加減な事を言うでないっ！」

おてるが皆まで言わぬうちに、谷田川が一喝《いっかつ》した。

「俺は旗本谷田川欣弥だ。旗本の俺の言う事を信用しないで、こんな気の触れた女の話を聞くというのか」

あまりの剣幕に納屋は気圧《けお》されて、おてるに縄を掛けたのだった。

おてるは、刃をふるった事は否定しなかった。

ただおてるは、ずっと谷田川に蹴られた胸が痛いと言い、納屋は大番屋に送る前に外科の医者に診せた。

すると、どうやら胸の骨にひびが入っている。十日ほどは湿布をして痛み止めの薬を飲んだ方がいいというので、小伝馬町送りはその日のうちに決まったものの、痛みが落ち着くまで大番屋で預かり、小伝馬町の女牢にはその後送り込んでいる。

納屋が与力に頼んで出来たことだ。その納屋の優しさを知ったらしく、おてるは大番屋を出て行く時、納屋に深く頭を下げた。

その時、おてるが納屋と徳蔵に言った言葉は、

「罪の償いはします。でも、せめてあの人の腕一本も斬り落としたかったのに、

それが残念です」

という存念だった。

「あの時のことは忘れられやせん」

徳蔵は話し終えるとそう言った。

「それで、谷田川って人はお調べもなく……」

千鶴は聞き返しながら、胸は怒りに覆われていた。

「へい、ご存じだと思いやすが、町奉行所に旗本の旦那を詮議《せんぎ》する権限はございやせん。ですから、おてるが谷田川の旦那に斬りつけた、それだけで取り調べた訳です」

「酷い話ね……」

お道は涙ぐんでいる。

「おっしゃる通りでございやすよ。しかしお裁きをした与力の旦那は、その辺りも十分に汲《く》んでくださったんだろうと思いやす。過怠牢だったんですから、普通なら、もう少し重い刑です」

「でも、谷田川って人は野放しでしょ」

またお道が言い、きっと徳蔵を睨んだ。

「へい」

徳蔵は申し訳なさそうに頷くと、

「ですが、あっしたちには手が出せやせん。谷田川という旦那が、おてると特別の関係だった、しかも金を巻き上げていた、などという確たる証拠でもあれば別ですがね」

大きくため息をついたのだった。

「それはそうと、その、事件が起きた時、谷田川って人は女連れでしたでしょうか。その女の人の身元は分かっていますか」

千鶴は徳蔵の顔を見た。

「いいえ、あの時そんな女は見ていません。もっとも谷田川さまが家に帰したんでしょうな。おてるの話の中では出て来ていましたが、あっしも納屋の旦那も見ていません」

「……」

谷田川は女連れだと自分に不利になると思ったのだ。用心深い男だと千鶴は思った。

六

求馬はあれ以来谷田川を尾《つ》けていた。

谷田川欣弥の屋敷は、本所《ほんじょ》の御竹蔵《おたけぐら》の東、道を挟んだ場所にあった。南割下水《みなみわりげすい》から言えば南側だ。

谷田川は、毎日朝七ツ（午前四時）にはこの屋敷を羽織袴で出た。手には何かを包んだ風呂敷包みを下げていた。

月代《さかやき》は綺麗に剃《そ》り、身だしなみにも気をつけているのは一目で分かった。

まだ明けぬ道を下男を連れて目的の屋敷に向かう。言うまでもなく、その屋敷とは、今幕府の要職にある人の所である。

今日も谷田川は、両国橋を渡り、神田川に沿って西に向かうと、昌平橋《しょうへいばし》手前の八《や》つ小路《こうじ》から武家地に入り、駿河台《するがだい》にある勘定奉行の稲生孫左衛門《いのうまござえもん》の屋敷に入った。

稲生の屋敷には、日が御府内に差し込む頃には、二十人近い役職を希望する旗本御家人が集まり列をなしていた。

そして門番が戸を開けると、一斉に中に入って行った。邸内のどこかで主の孫左右衛門の言葉を貰って引き上げてくるのだが、この日一番に門前に並んでいた谷田川は、一番早く門の外に出て来た。その時にはもう、あの風呂敷包みは持ってはいなかった。

そしていったん屋敷に戻るが、また昼七ツごろ再び屋敷を出た。

今度も両国橋を渡ったが、町地を歩いて本町《ほんちょう》に入り、薬種屋『浪速屋《なにわや》』の看板の掛かった店の中に入った。

「谷田川さま、いらっしゃいませ」

店先にいた手代が谷田川に親しそうに挨拶している。

求馬は、店の前を通りかかった振りをして店の中を覗いてみたが、谷田川の姿は見えない。

「今入って行ったのは谷田川ではないのか」

求馬は手代に聞いた。

「さようでございます」

「なんとな、どこか具合でも悪いのかな」

案じる顔をしてみせると、手代はにやりとして、

「うちのお嬢様に会いにお見えになったのだと思います」

「お嬢様……ああ……おかよさんだったな」

「いいえ、おちのさまです」

「ああ、そうだった、ちの殿と聞いたような」

わざとらしく、今気付いた顔をしてみせた。すると、

「来春になれば、お嬢様は旗本の奥様におなりです」

手代は得意そうに言った。

腐るほど金を持っている商人でも、武士と縁戚関係になることを喜ばない者はいない。願ってもないことだ。しかも旗本となれば、手代まで鼻高々となるのはやむをえまい。

「そうなのか、それは目出度い、いや、手間をとらせたな」

「もし、どなた様で……」

踵《きびす》を返した求馬に手代は声を張り上げた。

求馬は、手をひょいと上げただけで浪速屋の店先を離れた。

手代の目が、求馬の背中をしばらく追っかけていたが、求馬は振り向きもせずに歩き、背中にあった手代の視線が消えたところで、再び浪速屋に引き返した。

そして物陰に身を寄せて、谷田川が出て来るのを待った。

——そうか、それでおてるが邪魔になったのか。

求馬は、風に靡《なび》く浪速屋の暖簾《のれん》を見ながら、谷田川の底知れぬ欲望を垣間見た思いである。

谷田川は、浪速屋の娘と昵懇《じっこん》になったことから、今頃は宝の山を当てたような気分になっているに違いない。

潤沢な資金を後ろ盾に、いっそうの猟官運動をするつもりなのだ。

物陰で待つこと半刻、谷田川が娘のおちのに見送られて出て来た。

「じゃあまた……」

谷田川は、娘の手を人に気付かれぬよう握っている。去ろうとしたが娘は未練がましく手を放さない。

谷田川は何か娘に言いきかせ、ようやく不服そうな娘を残して浪速屋を後にした。

日が暮れるまでにはあと半刻ほどだが、昨日と同じように、谷田川は堀留川《ほりどめがわ》に向かった。

そして伊勢町《いせちょう》の河岸地に建つ蔵に到着すると、伝馬船で運んで来た荷が、次々に人足たちによって蔵に運び込まれるのを確認している。

この辺りの蔵は、ずらりと一帯に並んでいる米問屋のもので、運ばれて来る荷物も当然米俵なのだが、谷田川が今人足頭と話している蔵には、それとは別の俵物が運び込まれているのは明白だった。

谷田川は、人足頭が見せる帳面の文字を追っている。

それをじいっと見ていた求馬は、隣の軒下の物陰から、谷田川を睨んでいる若い女に気付いた。

——おはるかな。

と思った。おはるの人相は千鶴から聞いていた。

——おはるが谷田川を睨んでいるということは……。

ふと不安が過《よぎ》ったその時、おはると思われる女は、やおら帯の後ろから匕首《あいくち》を取り出したではないか。

——いかん。

求馬は身をかがめて走り寄り、今にも飛び出そうとしていた女の手首を、横から摑んだ。

「あっ」

小さな声を上げて、おはるが手首を引くようにしながら、求馬を見た。

「おはるさんだな、危ない真似は止めなさい」

厳しく叱ると、おはるは無念そうな目で求馬を睨み据えた。


「いったい、何をしようとしたのですか」

千鶴は、目の前に座って項垂《うなだ》れているおはるに厳しい口調で訊ねた。

おはるの前には、匕首が置かれて鋭い光を放っている。

「谷田川に一矢報いたい気持ちは分かるが、おてるの二の舞になるだけだ」

求馬は、説得するような柔らかい声で言った。

「とにかくこれは、私が預かっておきますからね」

千鶴は匕首を取り上げると、後ろで薬研を使っているお道に渡した。

「それで……求馬さまが見た蔵には、浪速屋が買い付けた薬草が運び込まれているとおっしゃるのですね」

千鶴は、しょんぼりとうなだれているおはるを横目に、求馬に訊いた。

「そうだ、蔵ひとつが、もう一杯になっておった。谷田川が引き上げてから人足頭に聞いてみると、やはり薬草のようだった。破格の値段で買い付けているようだ」

「薬の買い占めは浪速屋だったんですね」

「あれだけの買い占めをやるには、浪速屋だけの力では無理だ。露見すれば罰せられる筈」

「すると、他の薬種問屋も一緒になってやっているというのでしょうか」

「いや、そうではなく、後ろ盾がいるのだろうな。船で運んできて沖に停泊した船から、今度は伝馬船で運んで来て、蔵におさめる訳だが、お目こぼしをしてくれる者がいればこそだ」

「……」

「それからもう一つ……」

求馬は、浪速屋の娘おちのの話を千鶴にした。

その話をしている間、おはるは険しい視線を膝のむこうに突き刺して聞いていた。そして求馬が話し終えると、きっとした顔を上げて言った。

「姉さんが言っていた人です、その人……谷田川は初めのうちは、妻にするとかなんとか甘い言葉を並べてお金をむしりとっていたのに、大店の娘さんに近づいたその日から、昔誓った言葉はどこへやら、姉をゴミのように捨てたんです」

「おはるさん、今となっては死人に口なし、私は信じますが、それを証明するのは難しいのではないですか」

　おはるは、千鶴の視線をとらえたまま、激しく首を横に振った。

「何かあるのですか、証拠が……」

　千鶴は驚いて、求馬と顔を見合わせた。

　おはるは、前帯の中から美濃紙《みのがみ》の封書を取り出した。

「それは……」

　驚いて訊ねる千鶴に、

「姉の遺品の中から見付けました」

　そう言って千鶴の前に置いた。

　千鶴は取り上げて開けてみた。

「求馬さま……」

　素早く読み終えると、求馬に手渡した。

　その書状には、お前をきっと妻にする。ついては金銭の援助を頼みたいとその胸中を縷々《るる》と書いてある。

　書いたのは紛れもなく谷田川欣弥だった。

自筆の名前、黒の拇印《ぼいん》、字も躊躇《ためら》いのない達筆で、これならおてるは疑いもしなかったろうと千鶴は思った。

「お上が何もしてくれないのなら、私が姉の遺恨を晴らしてやらなければ、姉は成仏《じょうぶつ》できません。昨夜だって夢に出て来ました。姉は泣いていました。お腹に出来た子も堕ろして谷田川さまを信じて待っていたのに裏切られたと、姉は泣いていたんです」

おはるは、たまらず嗚咽《おえつ》して、両手で顔を覆った。

おはるの肩が、小刻みに震えている。

千鶴は、おはるの背中を黙って撫でた。

おはるは、小さな声だが、あえぐように続けた。

「中条流の医者に連れて行ったのも谷田川さまでした。子を流したその晩に、姉は泣きました。その時の姉が枕元に現れたのです。谷田川というお人は、鬼です。人の皮を被った鬼です」

「おはる……」

求馬が、読み終えた文を手に声を掛けた。

「これを預からせてくれぬか」

「求馬さま……」

千鶴は、求馬の何かを決意した顔を見た。

「同じ侍として情けない限りだ。俺は浪速屋の薬の買い占めも、谷田川がきっと一枚噛んでいると思っている。それだって大罪に問われる所行だが、この文一枚で騙されたおてるの気持ちを思うと、人として許せぬ。誰がどう言おうと許せぬ。この、誓約書ともいえる文で、何らかの手を打ってみたい」

「求馬さま、ありがとうございます。求馬さまがそうおっしゃってくださらなかったら、私が何としてでもと考えておりました。谷田川さまのような人は、お侍であってはなりません。いいえ、人間とは思えません」

「その通りだ」

求馬は険しい顔で頷いた。

七

数日が経った。

求馬が、おてるが持っていた谷田川の誓約書を手に、走り回っている数日の間に、桂治療院は麻疹の疑いのある患者がもう一人、診察にやってきた事で、千鶴は夜も眠れないような状況に追い込まれていた。初めての事で勉強しなければならない事が多すぎた。

なにしろ発疹を見ただけでは、麻疹か風疹かの判断はつきにくい。

この度は季節外れの風疹が流行っているから、余計に診断を複雑にしているのだ。

圭之助が看病していたおいとや、千鶴が往診していた手代は、今は回復に向かっていて熱は下がっているが、それだって安心した訳ではない。

おいとや手代が麻疹だったのならば、第二、第三の患者が現れる筈である。

死んだおてるについては判断が未だ迷うところだが、あの後牢屋で熱を出した者もなく、やはり風疹だったと考えている。

一方でおいとや手代は、麻疹だったと考えざるを得ない。

結局、発疹に至った病状の経過を摑み、その上で父が残してくれた麻疹に関する日記、あるいはこれまでに出版された本などを参考にして治療するしかないのである。

生前父は、蘭方医《らんぽうい》が麻疹薬として『底利耶加《てりやーか》』を使っているらしいが、効き目があるのかどうか疑問だとあった。

千鶴が興味を大いに持ったのは、文化《ぶんか》七年（一八一〇）に刊行された、橋本伯《はしもとはく》寿《じゅ》の『断毒論』だった。

つまりこれは、麻疹も疱瘡も伝染するから、患者と罹患してない者との断絶が大事とあり、予防法を説いているのであった。

実際、圭之助は、この本の存在を知っているに違いない。おいとを長屋の者たちから引き離すことで、おいとには十分な治療を施し、外の者に伝染させることなく恢復《かいふく》に導いている。

そして肝心なもうひとつ、麻疹に罹った者の頬の内側、つまり口中に白斑《はくはん》がみられる事で、麻疹か風疹かを診断できるのだと、千鶴はようやくその考えに至っている。

とはいえ気持ちが重いのは、この先どんな混乱を招くかと、正直頭の中はそのことで一杯だった。

読んでいた父の日記を閉じたところに、

「先生、急患です」

お竹が走って来て告げた。

「こちらへ」

千鶴は、駆け込んで来た親子を招き入れた。

熱を出しているのは十歳程の男の子で、父親が背負って連れてきたのだった。

「熱はいつからですか」

千鶴は、男の子の額に手を置いて聞いた。

「へい、ゆんべからです」

「お口の中をみせてください」

千鶴は、熱でとろんとしている男の子に語りかけた。

男の子は頷いて口を開けた。

「……」

男の子の口中を覗いた千鶴は、そこに麻疹の症状を見た。

「麻疹ですね」

「まさかとは思ったんだが、先生、助けてやってくれませんか。あっしにはこの子一人が頼り、この子に何かあったら、亡くなった女房に何と言って詫びたらいいかわからねえ」

「とにかく、熱がもっと高くなって、これから発疹が出ると思います。出来るだけ、おかゆでもなんでも食べられるものを食べさせて体力をつけて下さい。水分もたくさんあげて下さい。それから、住まいについてですが……」

千鶴は、隔離の必要を順々に説き、薬を父親の手に渡した。

「何かあれば知らせて下さい。夜中でも早朝でもかまいません」

何度も頭を下げて父親は倅《せがれ》を背負って帰って行ったが、

「先生、もうお薬がありません」

お道の報告に、凝然《ぎょうぜん》となった。

そこへ求馬が、手代風の男を連れて入って来た。

「千鶴どの、薬の買い占めだが、詳細が分かったのだ」

求馬が言い、連れてきた男は、もと浪速屋の手代で、東次郎《とうじろう》という者だと紹介した。

伊勢町の浪速屋の蔵を張っていた折、同じように蔵の様子を物陰から見ている男に気付いて声を掛けたら、つい先月に浪速屋を首になった者だという。

「東次郎は浪速屋の主に薬買い占めは止めるよう進言して追い出されたのだ」

求馬の言葉を受けて、東次郎が言った。

「実はこの前に麻疹が流行した享和の時代に、浪速屋のように薬を買い占める者がいて、その時、物価の統制令が出ています。つまり買い占めは禁止、販売については統制価格ですることというお触れです。中にはそれを守らずに家財没収追放された者がいるのです。それを主は……谷田川さまが大丈夫だと言っている。谷田川さまは、さる有力な幕閣の方に、お目こぼしの許しを得ていると保証して下さった。むろん、礼金は積まねばならないだろうが、大もうけが出来るというのに……主はそう言って激怒致しまして……私に意見をするような手代はいらないと……それで私は店を追い出されたのです。でも、人として許されることではない。御奉行所に訴えるしかないものかと見張っていたところ、菊池さまにお会いしまして……」

「買い占めているのは、升麻葛根湯ですね」

千鶴が訊ねる。

「てりやーかもそうです。それと、余毒の新薬と評判の、まだ効くかどうかはっきりしないものまで全て」

「……許せません」

千鶴は、胸の底から湧き上がる怒りを抑えきれなかった。

「しかし、これで奴らの悪を公の場に引きずり出せる」

「それでは間に合いません」

千鶴は厳しく言った。

自分も医者として動くほかない、そう決心したその時、猫八と徳蔵がせわしげにやって来た。

「千鶴先生、神田の河岸で、谷田川の旦那が、おてるさんに暴行を加えているのを通りかかった三味線《しゃみせん》屋が見ておりやして、いざという時には証言してくれると約束してくれやした。そうだな、徳蔵さん」

猫八は言い、徳蔵を促した。

「さようです。あっしもおてるが死んで後味が悪くって、なんとかならねえものかと、事件を実見した者を捜していたんでございやす」

「ありがとう、徳蔵さん」

千鶴は徳蔵の手をとらんばかりに礼を言った。

「これはこれは、いらっしゃいませ。それで、先生は何のお薬をお求めで……」

奥から腰を低くして出て来たのは、浪速屋の主で治兵衛《じへえ》という男だった。背の低い、ころっとした、まるっこい体つきだが、眉は毛虫のようで濃く、鼻は団子鼻、唇は厚くて、肌の色はどす黒い男だった。小ずるさが、体全体に染みついているような、一見しただけで、千鶴は嫌悪感を持った。

「升麻葛根湯です。先ほどから、こちらの番頭さんにお願いしておりますのに、ありませんの一点張りで、お話になりません。生薬屋に薬が無いなんて、聞いたこともありませんし、それでは薬屋の看板が泣きましょう」

皮肉の目で、千鶴はちらりと帳場に座る中年の番頭を見た。

「これは手厳しいですな」

治兵衛はくつくつ笑って返すと、

「お美しいお顔をなさっているのに、その容貌が台無しというものです。お言葉でございますが、当今、世間で噂されておりますとおり、麻疹の薬が市場から消えたのでございますよ。どんなに高くても品さえあれば仕入れますが、本当に全くないのです」

千鶴はくすくすと笑った。

「なんでしょうか、何がおかしいのでございますか」

「だって、あんまり空々しい嘘をつくものだからおかしくて……こちらでしょう……麻疹に使うお薬を買い占めて蔵に押し込んでいるのは……」

「なんと失礼な、許しませんぞ。何か証拠でもあるのですか」

治兵衛の顔は真っ赤になっている。

「証拠ならございますよ。伊勢町の蔵に麻疹の薬が、どっさり眠っているではありませんか」

「話にならない！」

治兵衛は怒りに任せて立ち上がった。

「帰りなさい！……あなたにお分けする薬はございません」

そのまま奥に行きかけようとした治兵衛に、

「待ちなさい！」

千鶴は厳しい声で呼び止めた。

「証拠は揃っているのです。あなたは、西国に麻疹が流行り始めたと知って、薬の買い占めを考えたのです。そうそう、こちらのお嬢様が谷田川とかいうお旗本のところに嫁がれるとか……その谷田川の口車に乗ったんでしょう」

「まさか、この女は頭がおかしい。みんな、てんでに追い出しなさい」

「言われなくても帰ります。でもね、浪速屋さん、今頃伊勢町の蔵は、町奉行所の方たちに踏み込まれておりますよ」

浪速屋治兵衛の顔から血の気が消えた。

「こちらの店から追い出された東次郎さんの証言もあります。もはや、浪速屋さんが助かる道はございません」

「か、帰れ、帰れ！」

大声で喚き散らす治兵衛に、千鶴は容赦なく言った。

「あなたのような人は、薬を売ってはいけません。病人を一人でも救いたい、医者もそうですが、薬を扱う者は、そういう志であるべきです」

千鶴は、言うだけ言って、浪速屋を後にした。

外に出た途端、

「お父さま、いったい、どうして……」

おちのという娘に違いない甲高《かんだか》い声が聞こえてきた。

千鶴の脳裏には、伊勢町の蔵の中に走り込む猫八と徳蔵の姿が、頼もしく浮かんでいた。

八

半刻後、浪速屋からの知らせを受けた谷田川は屋敷を飛び出した。

青い顔で浪速屋に急ぐ。

だが、御竹蔵の南側にある馬場の道で、谷田川は横手から現れた求馬に行く手を塞がれた。

「何だお前か、退け！……俺は急いでいるのだ」

谷田川は血走った目を向けた。

「もう遅いぞ」

求馬は言った。

「何……」

「今頃浪速屋に走ろうとも、伊勢町の蔵に駆けつけようとも、手遅れだと言っている」

「貴様、何をした」

「何かをしたのはお前だろう。お前は役職に就きたいばっかりに金が欲しかった。おてるを欺すことだけでは足りず、浪速屋の娘と昵懇《じっこん》になったのも、おおかたそんなところで、薬の買い占めを勧めたのも、すべて金欲しさの一心だった。そうだな」

「……」

谷田川の目が据わった。

「薬の買い占めも許せないが、お前に尽くしたおてるに乱暴して牢に送りこんだ卑劣な手口も許されぬ」

「ふん、何を勘違いしているのだ、解せぬな」

「おてるは死んだぞ」

「俺の知ったことじゃない」

「そうかな、おぬしは、浪速屋の娘と昵懇になる前は、おてるを騙して金を巻き上げていたではないか」

「知らんな」

「そうか、ではこれは何だ」

求馬は、谷田川がおてるに渡していた誓約の文を広げて見せた。

「もうお前はお終いだ。小普請支配におぬしのこと全てを、この俺が届けた。日を置かずして評定所から差し紙が来るぞ」

「許せん！」

谷田川は羽織を脱ぎ捨て、雪駄《せった》を脱いで後ろに蹴った。

そして大きく足を広げると、腰を落として刀の柄《つか》をぐいとあげた。

「無駄なことを……しかし、一戦を交えるというのなら、望むところだ。お前のような男が、同じ旗本として百姓がつくった米を喰らうのは見ておれぬ」

言い終えるまもなく、谷田川が刀を抜いて飛びかかって来た。

「やあ！」

求馬は一歩も引かずにこれを迎えて撥《は》ね除けた。

よろり……谷田川は均衡《きんこう》を崩したが、体の向きを変えると、正眼《せいがん》に構えて立った。

求馬は片手で剣を谷田川に向けている。

そのまま時が止まったように見えた。求馬の剣先は微動だにしなかった。

間合いを取りながら、谷田川の動きを見詰めた。

「ちっ」

谷田川は動けなかった。

さっきの一撃で求馬の腕を知ったらしい。肩に力を入れ、ぐっと睨み続けているものの踏みこむことが出来ないでいる。

遠巻きに人が集まって来た。

どれほど睨み合っただろうか。

谷田川の額から、汗がしたたり落ち始めた。

「悪いことは言わぬ。神妙にしろ」

求馬の言葉で、谷田川の全身から力が抜けていくのが分かった。谷田川は、剣をだらりと下に向け、そこにどさりとあぐらを組んだ。

「好きにしろ」

刀を脇に放り投げる。

「よし、俺も一緒に行く。立つんだ」

求馬が刀を鞘に納めたその時、

「わあっ」

集まった人たちからどよめきが起きた。

「野郎！」

谷田川が突然膝を起こして投げていた刀を摑んだのだ。谷田川はそのまま、求馬の腹を突いて来た。

求馬は半身になってこれを鞘で受け止めた。そして次の瞬間、泳いだ谷田川の右手首をがっちりと摑んだ。

「あう……」

刀が谷田川の手を離れて地面に落ちた。

「どこまでも卑怯な男だ」

求馬は、谷田川の剣を足で横に蹴るのと同時に、谷田川の頬を拳骨で殴った。

また、野次馬から声が上がった。

「恥を知れ！」

求馬は、起き上がった谷田川の胸倉を摑むと、もう一発殴った。

二間ちかく飛ばされた谷田川は叫んだ。

「俺は七年も日参してきたんだ。何故だ、何故俺だけがこんな目にあう」


朝から雨がしとしとと降り始めたその日、谷田川の詮議は終決し、お家は断絶、八丈島《はちじょうじま》に流されることになったと徳蔵の知らせを受けた千鶴は、往診の帰りにおはるを訪ねた。

おはるは奥の部屋のむこうにある畳一畳ほどの庭を見詰めて座っていた。そこは物干しになっていて、雨が竹の竿《さお》を叩いているのが見えた。

「おはるさん……」

千鶴は土間から呼んだが聞こえてないのか返事もない。

「失礼します」

千鶴は断りを入れて上に上がった。

「おはるさん」

声を掛けると、はじめておはるは、はじかれたように立ち上がって千鶴を見た。

その目が濡れている。

「おはるさん、谷田川は島流しになりましたよ」

「先生……」

おはるは大きくため息をついた後、

「姉さん、良かったね、谷田川がお裁きを受けたよ」

おはるは、菊の鉢に向かって語りかけた。

菊は白菊だった。美しい花を咲かせていた。花は雨に濡れて生き生きと光を放っているように見えた。

「姉さんが大事にしていた菊なんです……」

「そうだったの」

千鶴は、まじまじと白い菊を見た。

「この庭に、小さな庭に菊を増やして、お前に菊枕をつくってあげるね……姉さんはそう言ってくれてました」

「そう……」

「その姉さんが殺されて、あたし、さっきまで、この菊、泣いてる……そう思って見ていたんです」

「ええ」

千鶴は白菊に雨がかかり、それが涙の玉のように見えるのに気付いた。

「でも先生、今は違います。この菊、うれし涙を流しています。私にはそう見えます」

千鶴には言葉が無かった。

自身もひとりぼっちになっているからよく分かる。

二人はしばらく、白い菊が雨に濡れるのを見詰めていた。

しばらくして千鶴はおはるの手を握って言った。

「いつかこの庭が菊で一杯になればいいわね」

おはるは菊に視線を置いたまま言った。

「そうなるかしら……」

「きっと……」

おはるは小さな息をついた。

「私もいないのよ、母も父も、兄弟も……おはるさん、寂しくなったら、私のところに来て下さいね」

千鶴はそう言い置いて外に出た。

空を仰いだが、雨はまだ止みそうもない。傘を広げて踏み出した時、千鶴は木戸のところに立っている求馬に気付いた。

「きっとここに来ていると思ってな。待てなくてやって来た」

「どうなさったのですか……」

見上げた千鶴に求馬は告げた。

「決まったのだ、勤め先が」

「まあ、大番組かしら……」

にこりとして訊いた千鶴に、

「そうだ、酔楽先生の予感は当たっていた。十二組あるが、俺は五組加藤筑前《かとうちくぜん》守《のかみ》さまの配下となった」

「それはおめでとうございます」

「うむ、まずはそういう事だ。近いうちに祝ってくれぬか」

「もちろんですとも、みんなでお祝いいたしましょう」

二人は並んで木戸を後にした。

求馬がお役に就けたのは、なによりの幸せである。だが嬉しい気持ちとは別に、千鶴は求馬が遠くに行くような、そんな気がした。

だが数歩も歩かないうちに求馬が言った。

「何、それほど暮らしが変わる訳ではない。今後ともよろしく頼む」

そんな二人を、おいとの家から出て来た圭之助が見かけて一瞬たたずんだ。

声を掛けようとして圭之助は手を伸ばすが、すぐにその手を下ろして、二人の後ろ姿をじっと見送った。

この作品は双葉文庫のために書き下ろされました。

双葉文庫

ふ-14-09

藍染袴お匙帖《あいぞめばかまさじちょう》

貝紅《かいべに》

2012年9月16日　第1刷発行
2023年9月 1日　第4刷発行

【著者】
藤原緋沙子《ふじわらひさこ》

【発行者】
箕浦克史
【発行所】
株式会社双葉社
〒162-8540 東京都新宿区東五軒町3番28号
［電話］03-5261-4818(営業部)　03-5261-4833(編集部)
www.futabasha.co.jp(双葉社の書籍・コミックが買えます)
【印刷所】
株式会社亨有堂印刷所
【製本所】
株式会社若林製本工場
【カバー印刷】
株式会社久栄社

【フォーマット・デザイン】
日下潤一

ISBN978-4-575-66578-9 C0193
Printed in Japan

藤原緋沙子　著作リスト

	作品名	シリーズ名	発行年月	出版社	備考
1	雁の宿	隅田川御用帳	平成十四年十一月	廣済堂出版	
2	花の闇	隅田川御用帳	平成十五年　二月	廣済堂出版	
3	螢籠	隅田川御用帳	平成十五年　四月	廣済堂出版	
4	宵しぐれ	隅田川御用帳	平成十五年　六月	廣済堂出版	
5	おぼろ舟	隅田川御用帳	平成十五年　八月	廣済堂出版	
6	冬桜	隅田川御用帳	平成十五年十一月	廣済堂出版	

藤原緋沙子　著作リスト

7	春雷	隅田川御用帳	平成十六年　一月	廣済堂出版	
8	花鳥		平成十六年　四月	廣済堂出版	四六判上製
9	恋椿	橋廻り同心・平七郎控	平成十六年　六月	祥伝社	
10	夏の霧	隅田川御用帳	平成十六年　七月	廣済堂出版	
11	火の華	橋廻り同心・平七郎控	平成十六年　十月	祥伝社	
12	紅椿	隅田川御用帳	平成十六年十二月	廣済堂出版	
13	雪舞い	橋廻り同心・平七郎控	平成十六年十二月	祥伝社	
14	風光る	藍染袴お匙帖	平成十七年　二月	双葉社	

15	夕《ゆ》立《だ》ち	橋廻り同心・平七郎控	平成十七年　四月	祥伝社	
16	風蘭	隅田川御用帳	平成十七年　六月	廣済堂出版	
17	遠花火	見届け人秋月伊織事件帖	平成十七年　七月	講談社	
18	雁渡し	藍染袴お匙帖	平成十七年　八月	双葉社	
19	花鳥		平成十七年　九月	学研	文庫化
20	照り柿	浄瑠璃長屋春秋記	平成十七年　十月	徳間書店	
21	冬萌え	橋廻り同心・平七郎控	平成十七年　十月	祥伝社	
22	雪見船	隅田川御用帳	平成十七年十二月	廣済堂出版	

23	春疾風《はやて》	見届け人秋月伊織事件帖	平成十八年　三月	講談社	
24	父子雲	藍染袴お匙帖	平成十八年　四月	双葉社	
25	夢の浮き橋	橋廻り同心・平七郎控	平成十八年　四月	祥伝社	
26	潮騒	浄瑠璃長屋春秋記	平成十八年　七月	徳間書店	
27	白い霧	渡り用人片桐弦一郎控	平成十八年　八月	光文社	
28	鹿《は》鳴《ぎ》の声	隅田川御用帳	平成十八年　九月	廣済堂出版	
29	紅い雪	藍染袴お匙帖	平成十八年十一月	双葉社	
30	暖《ぬくめ》鳥《どり》	見届け人秋月伊織事件帖	平成十八年十二月	講談社	

31	桜雨	渡り用人片桐弦一郎控	平成十九年 二月	光文社
32	蚊遣り火	橋廻り同心・平七郎控	平成十九年 九月	祥伝社
33	さくら道	隅田川御用帳	平成二十年 三月	廣済堂出版
34	紅梅	浄瑠璃長屋春秋記	平成二十年 四月	徳間書店
35	漁り火	藍染袴お匙帖	平成二十年 七月	双葉社
36	霧の路	見届け人秋月伊織事件帖	平成二十一年二月	講談社
37	梅灯り	橋廻り同心・平七郎控	平成二十一年四月	祥伝社
38	麦湯の女	橋廻り同心・平七郎控	平成二十一年七月	祥伝社

39	密命	渡り用人片桐弦一郎控	平成二十二年一月	光文社	
40	日の名残り	隅田川御用帳	平成二十二年二月	廣済堂出版	
41	恋指南	藍染袴お匙帖	平成二十二年六月	双葉社	
42	桜紅葉	藍染袴お匙帖	平成二十二年八月	双葉社	
43	雪燈	浄瑠璃長屋春秋記	平成二十二年十一月	徳間書店	
44	坂ものがたり		平成二十二年十一月	新潮社	四六判上製
45	月の雫	藍染袴お匙帖	平成二十二年十二月	双葉社	
46	ふたり静	切り絵図屋清七	平成二十三年六月	文藝春秋	

47	鳴子守	見届け人秋月伊織事件帖	平成二十三年九月	講談社	
48	紅染の雨	切り絵図屋清七	平成二十三年十月	文藝春秋	
49	残り鷺	橋廻り同心・平七郎控	平成二十四年二月	祥伝社	
50	鳴き砂	隅田川御用帳	平成二十四年四月	廣済堂出版	
51	すみだ川	渡り用人片桐弦一郎控	平成二十四年六月	光文社	
52	貝紅	藍染袴お匙帖	平成二十四年九月	双葉社	

藤原緋沙子
藍染袴《あいぞめばかま》お匙帖
父子雲《ちちこぐも》
時代小説〈書き下ろし〉
シーボルトの護衛役が自害した。長崎で医術を学んでいたころ世話になった千鶴は、シーボルトが上京すると知って……。シリーズ第三弾。

藤原緋沙子
藍染袴《あいぞめばかま》お匙帖
紅《あか》い雪
時代小説〈書き下ろし〉
千鶴の助手を務めるお道の幼馴染み、おふみが許嫁の松吉にわけも告げず、吉原に身を売った。千鶴は両親のもとに出向く。シリーズ第四弾。

藤原緋沙子
藍染袴《あいぞめばかま》お匙帖
漁《いさ》り火《び》
時代小説〈書き下ろし〉
岡っ引の彌次郎の刺殺体が神田川沿いで引き上げられた。半年前から前科者の女衒を追っていたというのだが……。シリーズ第五弾。

藤原緋沙子
藍染袴《あいぞめばかま》お匙帖
恋指南
時代小説〈書き下ろし〉
小伝馬町に入牢する女囚お勝から、娑婆に残してきた娘の暮らしぶりを見てきてほしいと頼まれた千鶴は、深川六間堀町を訪ねるが……。

藤原緋沙子
藍染袴《あいぞめばかま》お匙帖
桜紅葉《さくらもみじ》
時代小説〈書き下ろし〉
「おっかさんを助けてください」。涙ながらに訴える幼い娘の家に向かった女医桂千鶴の前に、人相の悪い男たちが立ちはだかる。

藤原緋沙子
藍染袴《あいぞめばかま》お匙帖
月の雫
時代小説〈書き下ろし〉
美人局にあった五郎政の話で大騒ぎとなった桂治療院。そんな折り、数日前まで小伝馬町の牢にいた女の死体が本所竪川の土手で見つかる。

牧秀彦
算盤侍《そろばんざむらい》影御用
婿殿《むこどの》帰郷
長編時代小説〈書き下ろし〉
勘定奉行・梶野良材の密命で、妻の佐和を伴い、十代の日々を過ごした八王子に戻った笠井半蔵。そこで待ち受けていた夫婦の危機とは？